드래곤 레이드 8

크레도 퓨전 판타지 소설

초판 1쇄 찍은 날 § 2017년 6월 8일
초판 1쇄 펴낸 날 § 2017년 6월 15일

지은이 § 크레도
펴낸이 § 서경석

편집책임 § 김슬기
편집 § 조은상

펴낸곳 § 도서출판 청어람
등록번호 § 제387-1999-000006호
등록일자 § 1999. 5. 31
어람번호 § 제1-2712호

주소 § 경기도 부천시 부일로 483번길 40 서경B/D 3F (우) 14640
전화 § 032-656-4452 팩스 § 032-656-4453
http://www.chungeoram.com
E-mail § chungeorambook@daum.net

ISBN 979-11-04-91356-3 04810
ISBN 979-11-04-91103-3 (세트)

FUSION FANTASTIC STORY

크레도 퓨전 판타지 장편소설

드래곤 레이드 8

DRAGON RAID

청어람
도서출판

드래곤 레이드
DRAGON RAID

CONTENTS

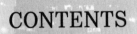

CHAPTER 1

무리

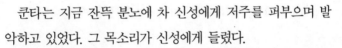

쿤타는 지금 잔뜩 분노에 차 신성에게 저주를 퍼부으며 발악하고 있었다. 그 목소리가 신성에게 들렸다.

'저주한다! 악신!'

'으아아아! 개 같은 사기꾼!'

'빌어먹을 해골바가지 같으니!'

비교적 건전한 욕이었다. 쿤타는 욕을 다채롭게 만들 지능조차 지니고 있지 않았다.

'저주를 내려볼까?'

자신을 욕한 자에게 계시를 통해 저주를 내릴 수 있었다.

악신이 되어 좋은 점 중 하나였다.

악업의 정도에 따라 저주를 내릴 수 있는 수치가 정해졌는데 쿤타는 놀랍도록 악한 놈이었다. 신성은 저주 목록을 살펴보는 도중 '질병 부여'를 발견했다.

그중에서 가장 마음에 드는 질병이 있었다.

[A]극심하게 가렵고 따가운 종기

악신이 내릴 수 있는 저주 중의 하나.

악(실버) 이하의 성향을 지닌 자에게만 가능하다. 극심하게 가렵고 따가운 종기가 반복적으로 자라 고통스럽게 만든다. 긁으면 다른 부위로 점염되고 타인에게까지 점염될 수 있다.

[계시 탭에서 부여 부위와 최대 수치를 정할 수 있습니다.]

'이게 좋겠네.'

신성은 계시 탭을 이리저리 조작했다.

처음 내려보는 저주라 조금 헤매다가 버튼을 잘못 눌러 버렸다.

[쿤타의 엉덩이에 종기의 저주(MAX)를 부여합니다.]

[신앙심(마력 코인) 10KC가 소모되었습니다.]

그냥 조금만 괴롭혀 줄 생각이었는데 이상한 부위에 최대 수치로 걸어버렸다. 그 결과 신앙심을 꽤 써버리고 말았다.

'상관없겠지.'

신성은 웃어넘겼다.

신성은 악신의 성 앞에 섰다. 악신의 성은 화이트 드래곤의 상징이다. 화이트 드래곤에는 별다른 병력이 주둔하고 있지는 않았는데 그 이유는 악신의 성이 있기 때문이다.

이번 전쟁으로 악신의 성에는 영혼력이 흘러넘쳤다. 그 영혼력을 가지고 릴리스가 거대한 군세를 만들었다. 거인족과 마족의 영혼으로 만들 수 있는 몬스터는 기존의 해골 몬스터와는 달랐다.

디아나와 에루가 디자인한 모습을 쓰고 있어 상당히 흉악한 외견이었다.

[나와라.]

신성이 손을 들며 말하자 악신의 성 주변에 거대한 마법진이 그려졌다. 주변에 있던 이들이 화들짝 놀라며 뒤로 물러났다.

마법진은 마치 지옥에서 솟아난 구멍 같았다. 해골들의 수많은 손이 보이더니 그대로 마법진을 잡으며 기어 올라왔다. 날카로운 날붙이와 갑옷을 입은 해골들이다.

그런 해골 전사들 사이에 거인족만큼 거대한 해골들이 있었다. 푸른 불꽃을 뿌리며 서 있는 거대한 해골은 데스나이트였다.

[B]악신의 데스나이트
악신의 권능으로 탄생한 죽음의 기사.
정화된 거인족의 영혼과 마족의 영혼이 합쳐져 만들어졌다.
일반적인 해골 전사보다 훨씬 강력한 전투력을 지니고 있다. 죽음의 기사는 해골 전사를 이끌고 다니며 보이는 모든 적을 말살시킬 것이다. 단단한 갑옷은 C+이하의 마법을 무시한다.
적에게 공포를 부여하는 공포의 오라를 뿜어낼 수 있다.

거인족의 거대한 영혼 500S와 마족의 어두운 영혼 1,000S를 소모하여 만든 것이 바로 데스나이트였다.
1,500S가 들어간 만큼 하나하나가 대단한 위력을 자랑했다. 데스나이트는 보기와는 다르게 고결한 기사였다.
악에 물든 영혼으로는 만들 수 없어 정화를 거친 후에나 가능했다.
리치 부대도 보였고 말을 타고 있는 해골기병 역시 모습을 드러냈다.
모두 합쳐 2만에 달하는 군세였는데 누가 보더라도 악신의 군세였다.

거인족과 마족의 전쟁은 신성에게 아주 커다란 힘을 부여해 주었다.

악신의 군세는 조용히 악신의 명령을 기다렸다.

"드디어 전쟁이다!"

"저희도 가겠습니다!"

악신의 신도들이 나타났다. 검은 로브를 입고 있었는데 이번에 상위 종족으로 각성한 이들도 존재했다.

그들의 생김새는 다른 종족과는 조금 달랐다.

마인은 휴먼족일 때보다 크기가 컸고 근육이 발달했다. 마수들은 기존 종족보다 한 차원 높은 신수 형태로 변해 있었고, 요마는 더욱 화려한 외모로 변해 요사스러운 기운을 내뿜고 있었다.

상위 종족답게 모두 아름다운 모습이었는데, 공통적으로 황금빛 뿔이 자라나 있었다. 그 뿔은 마족과는 차별화된 아름다움을 지니고 있었다. 마족과는 달리 뿔은 잘라도 계속 자라났고 뿔이 사라진다고 해서 권능을 잃거나 하지는 않았다. 모두 암흑마력을 수준급으로 다룰 수 있어 대단한 전력이었다. 또 악신의 사악함이 증가할수록 그들의 힘이 강해지는 특성을 지니고 있었다.

[호칸 토벌대가 구성되었습니다.]

[드래곤의 힘이 발동해 경험치 버프 효과가 적용됩니다.]

[하이엘프 에르소나가 지휘관으로 참전하여 공격력 증가와 인내력 증가 버프가 적용됩니다.]

버프 효과

*경험치 120%

*공격력 증가 7%

*인내력 증가 10%

호칸 토벌대가 구성되었다. 신성은 에르소나에게 지휘관의 자리를 넘겼다. 그녀가 토벌대를 이끄는 것이 더 효과적이었다.

화이트 드래곤 밖으로 나오자 대기하고 있는 병력이 보였다. 이제 명령만 내리면 호칸으로 진격할 것이다.

에르소나가 신성에게 다가왔다. 이번 출정에는 루나와 릴리스, 김갑진은 함께하지 않았다. 루나는 같이 가고 싶어 했지만 드래고니아 밖은 위험했다. 루나는 아쉬워하면서도 신성의 의견에 따라주었다.

아무튼 에르소나가 병력을 이끌 것이니 따라가기만 하면 되었다.

"이렇게 같이 출정하는 것은 처음이네."

"그렇군요. 당신과 같은 편으로 전장에 나갈 줄은 상상도 하지 못했습니다."

"생각보다 우리는 호흡이 잘 맞아."

신성은 살짝 웃으며 에르소나를 바라보았다. 에르소나는 깊게 한숨을 내쉴 뿐이다. 이제는 신성에게 익숙해져서 적의를 내비치지도 못했다.

"그럼 출발시키겠습니다. 날이 어두워지기 전에 협곡을 건너야 하니 지금 출발해야 합니다."

"잠깐 기다려 봐."

신성이 에르소나를 붙잡았다. 에르소나가 의아한 눈으로 신성을 바라보았다. 신성은 씨익 웃고는 영지 관리 탭을 불러왔다. 에르소나에게도 권한이 있어서 영지 관리 탭을 볼 수 있었다.

"무엇을 할 생각입니까?"

"협곡 밖에는 아직 부활석이 설치되어 있지 않아. 그러니 최대한 피해 없이 끝내야겠지. 거인족이 힘든 상황이기는 해도 우리 병력보다 레벨이 높거든."

"그렇지요. 하지만 피해 없는 전쟁은 없지 않습니까?"

신성은 에르소나를 바라보았다. 에르소나는 신성과 눈이 마주치자 시선을 돌렸다.

"가끔은 있을 수도 있어."

에르소나는 섬뜩함을 느꼈다. 이런 섬뜩함은 신성과 있다 보면 가끔 느끼는 감정이다. 에르소나는 신성이 영지 관리 창을 열어놓고 조작하는 것을 바라보았다.

신성의 손이 드래고니아의 끝에 닿았다. 그곳은 하피가 사는 협곡과 거인족 영지의 경계선이었다.

"설마……."

에르소나는 신성이 '태풍'을 누르는 순간 무엇을 하려는지 눈치챘다. 태풍은 현재 마력이 꽉 차 있었다. 드래고니아 밖으로 나가면 급속도로 소멸하지만 마력이 꽉 차 있으니 호칸까지는 영향력을 미칠 수 있을 것이다.

에르소나는 신성의 행동에 전장의 상황이 그려졌다. 어비스는 현재 겨울이다. 지독한 추위와 눈이 계속 날리고 있었다. 정찰을 나간 엘프들이 모두 끔찍하다는 표정을 지을 정도였다. 그런 추위에 엄청난 비구름과 번개, 토네이도까지 동반한 태풍이 몰아친다면 어떻게 될까?

"병력을 모을 필요가 없는 것이 아닙니까?"

"그래도 전쟁은 경험해 봐야지. 우리는 큰 적을 앞두고 있잖아."

"그렇군요. 훈련을 겸하도록 하겠습니다."

에르소나는 신성의 말에 고개를 끄덕이며 말했다.

아르케디아인들은 대부분 게임에서 전쟁을 경험했을 뿐이다. 게임과 현실은 달랐다. 레이드에 참가한 아르케디아인들이 많다고는 하지만 레이드와 전쟁은 차원이 달랐다.

지금 모여 있는 이들이 주요 랭커라 볼 수 있었으니 이들에게는 경험이 필요했다. 거인족과의 싸움은 귀중한 경험이 되어줄 것이다.

신성이 그로라의 부탁을 수락한 이유 중 하나였다. 신성 역시 거인족과 마족의 전쟁을 경험하며 꽤 많은 것을 배울 수 있었다.

바람이 불기 시작했다. 물기가 섞인 바람이 불어오고 있었다. 신성은 저 먼 곳을 바라보았다. 구름이 몰려가는 것이 보였다. 에르소나도 그것을 볼 수 있었다.

구름이 뭉치기 시작하는 것이 멀리서 보일 만큼 태풍은 거대했다.

"이게 바로 현질의 힘이지."

"그렇군요."

과거 지갑 전사였던 에르소나는 신성의 말에 전적으로 동의했다.

신성과 에르소나는 통하는 구석이 꽤 있었다.

"에르소나, 네가 만약 김갑진처럼 신이 된다면 현질의 신은 어때?"

"장난합니까?"

"아니면 노출의 신."

퍽!

에르소나가 신성의 옆구리를 쳤다. 에르소나의 귀가 붉게 달아올랐다. 자신의 과거 흑역사가 떠오른 모양이다.

"그렇게 나온다면 제가 알고 있는 당신의 흑역사 역시 모두 루나 님에게 말하겠습니다."

"오, 과연 누가 손해일까. 나는 드래곤이라 망각이 없어."

"…하아, 그만하지요."

에르소나는 고개를 돌렸다. 그런 에르소나의 표정을 본 하이엘프 측근들이 진한 미소를 지었다.

*　　　*　　　*

쿤타는 반쯤 무너진 성에서 추위에 덜덜 떨었다. 아무리 두꺼운 가죽을 눌러써도 진득한 마력이 섞여 있는 냉기를 막아낼 수는 없었다. 쿤타는 그럭저럭 레벨이 높았지만 내구력은 형편없었다. 마치 스탯을 멍청함과 오만함에만 투자한 것처럼 거인족치고는 허약했다.

"으으, 부, 불을 더 피워라!"

"나, 나무가 없습니다."

"집을 허물고 불을 피우란 말이다!"

쿤타는 신경질적으로 손에 든 잔을 쥐었다. 잔에 있는 술을 마시려 했지만, 술이 모두 얼어버려 나오지 않았다.

"으아아!"

쿤타는 술잔을 집어 던졌다. 술잔이 조각나며 얼음 덩어리가 바닥에 떨어졌다. 의자에 앉았다가 비명을 지르면서 일어났다.

"으, 으악!"

너무나 따가운 감각이 엉덩이에서 느껴졌다. 쿤타의 엉덩이에는 거대한 종기가 엄청나게 올라와 있었다. 엉덩이뿐만 아니라 허벅지와 사타구니까지 번졌고, 결정적으로 항문에까지 번져 용변을 볼 수 없게 되어버렸다.

이미 여러 거인족이 옮아 그의 측근은 은근히 그와 거리를 두고 있었다.

"비, 빌어먹을! 젠장!"

"누, 누워 계시면 고통이 조금은 덜……."

"그걸 말이라고 하는 것이냐!"

쿤타는 난리를 쳤다. 병을 고칠 수 있다고 알려진 주술사들은 모조리 사라졌다. 빌어먹을 악신의 부족으로 몰래 넘어간 것이다.

주술사뿐만이 아니라 호칸은 텅텅 비어 있었다.

궁은 추위에 기울었고 그것을 보수할 일꾼은 없었다. 식량을 두고 싸움이 일어나는 바람에 일부 전사들은 죽거나 탈영했다. 탈영한 전사들 대부분은 따듯한 협곡 쪽으로 다가가다가 하피의 밥이 되었다.

호칸에 남아 있는 병력은 2만도 되지 않았다. 그마저도 추위와 굶주림에 병들어 죽어가고 있었다. 쿤타도 며칠째 고기를 입에 댄 적이 없었다. 남아 있는 것은 얼어버린 술뿐이었다.

그나마 다행인 것은 입에 들어간 것이 없으니 나오는 것도 없다는 것이다. 지금 상황에서 그런 위기가 닥친다면 쿤타는 기절할지도 몰랐다.

극심하게 아프던 부위가 다시 가려워지기 시작했다.

"으아아아! 가, 가려워! 빌어먹을 악신! 그놈 때문이야!"

쿤타는 악신을 저주했다. 절친한 친우라 생각하던 룬이 갑자기 사라지고 악신이 나타났다고 한다. 악신은 거인족과 마족을 모조리 다 없애 버렸기에 남은 전사들은 겨우 도망쳐 호칸에 도착했다. 그 소식을 들은 쿤타는 미치고 팔짝 뛸 노릇이었다.

백성을 깡그리 바쳤는데 전쟁에서 이기지도 못하고 오히려이 지경이 되었다. 게다가 기이한 병까지 얻어버렸다. 멍청한쿤타는 그제야 자신이 속았다는 것을 깨달았다.

"대, 대족장이시여! 그 보, 보물을 써보시는 것은 어떻습니까?"

"보물이라고? 보물이 있던가?"

"위대한 전사만이 사용할 수 있다는 보물, 그것이 있으면 기, 기적이 가능하지 않을까요?"

쿤타는 직속 부하가 무슨 말을 하는지 이해를 하지 못했다. 직속 부하의 설명이 계속되자 떠오르는 것이 있었다. 어째서 지금까지 잊고 있었는지 도저히 이해가 되지 않았다. 쿤타는 자신의 품에서 열쇠를 찾아보았다. 그러나 열쇠가 있던 주머니가 텅텅 비어 있다.

"누, 누구야? 누가 열쇠를 가져갔다!"

"무, 무슨……?"

"으아아아! 누구냐? 아악!"

머리가 깨질 듯이 아파왔다. 그러나 기억이 나질 않았다. 단지 열쇠를 영원히 찾을 수 없다는 것만 본능적으로 느끼고 있을 뿐이다.

"지, 진정하시옵소서!"

"으아! 더는 못 참아! 악신의 부족에게 쳐들어가야겠어!"

"하, 하지만 지금 전사를 움직였다가는……."

"시끄럽다! 내가 바로 대족장이다! 위대한 태양이란 말이다!"

쿤타는 대족장을 상징하는 지팡이를 들고 황궁 밖으로 나왔다. 그의 걸음걸이는 종기 때문에 우스꽝스러웠다.

휘이이이!

뼛속까지 얼려 버리는 바람이 불었다. 쿤타는 모닥불 주위에서 덜덜 떨고 있는 전사들을 바라보았다. 전사들은 쿤타가 나오자 주춤거리며 일어났다. 전사들은 며칠 동안 아무것도 먹지 않아 힘이 없었다.

"지금 당장 전사들을 모아라! 총공격을 할 것이다!"

쿤타의 지시에 간신히 움직인 전사들은 뿔피리를 입에 가져다 대었다. 뿔피리를 부는 순간 뿔피리가 박살 나며 바닥에 떨어졌다.

쿤타가 분노를 주체하지 못하고 발악하려는 순간이었다.

휘이이이이! 콰앙!

바람이 불더니 거대한 우박 하나가 쿤타의 옆을 스치고 지나갔다. 우박은 궁궐에 부딪치며 궁궐의 벽을 박살 냈다.

쿤타는 화들짝 놀라며 하늘을 바라보았다.

쿠르르!

구름이 마치 파도처럼 일렁였다. 쿤타의 입이 천천히 벌어졌다. 하늘에서 거대한 우박이 소나기처럼 떨어지고 있었기 때문이다.

엄청난 돌풍과 함께 우박이 호칸을 덮쳤다.

콰앙! 쾅!

"으, 으악!"

"피해!"

호칸의 성벽이 무너졌고 벽돌집 역시 무너져 내렸다. 쿤타는 우박을 피해 달리다가 움푹 파인 바닥에 걸려 넘어졌다. 허겁지겁 일어난 순간 거대한 우박이 쿤타의 머리에 꽂혔다.

쿤타의 정신이 아득해졌다.

쿤타가 정신을 되찾았을 때는 이미 이틀이 지난 시점이었다. 거인족의 끈질긴 생명력 덕분에 인명 피해는 그리 많지 않았지만 모두 동상에 걸려 전투력이 크게 줄어들었다.

"대, 대족장님, 크, 큰일 났습니다!"

"끄응, 무슨 일이냐?"

"직접 보셔야겠습니다."

쿤타는 전사의 말에 커다란 혹이 나 있는 머리를 감싸며 밖으로 나왔다.

반쯤 무너진 성벽에 올라 밖을 바라보았다. 쿤타는 주춤거리며 물러나다가 엉덩방아를 찧었다. 극심한 통증에 비명을 지르다가 곧 비명을 멈출 수밖에 없었다.

거대한 군세가 밀어닥치고 있었기 때문이다.

"뭐, 뭐야?"

쿤타는 볼 수 있었다. 호칸으로 진격하고 있는 그로라의 모습을 말이다. 쿤타는 이것이 꿈인지 생시인지 구별이 되지 않았다.

하피한테 뜯어 먹혔어야 할 그로라가 어째서 저기에 있단 말인가!

그로라의 주변에는 끔찍한 해골이 기어 다니고 있었다.

"그, 그, 그로라가 부, 부활했다!"

"지, 지옥에서 벼, 병사들을 이끌고 왔다!"

전사들이 그렇게 소리치기 시작했다. 쿤타의 몸이 덜덜 떨렸다. 저 멀리 있는 그로라와 눈이 마주친 순간 안색이 창백하게 변했다.

쿤타의 악몽은 아직 시작조차 하지 않았다.

＊　　　＊　　　＊

신성은 에르소나의 능력에 감탄했다. 신성이 벌인 전쟁의 영향으로 거인족은 거의 찾아볼 수 없었지만 그녀는 전략에 따라 치밀하게 이동했고 여러 거인족 마을을 안전하게 점령했다. 실제 격렬한 전쟁이 일어나는 것처럼 전략을 구상했는데 실전 상태에서 훈련을 하고 있는 것이다.

방한 대책까지 완벽히 실행시켜서 추위에 고생하는 병력은 없었다. 여러 가지 무기도 시험해 보았고 세이프리에서 생산된 전투식량의 효과 역시 직접 살펴보았다.

전투식량은 상당히 고가품인 레어 요리로 구성되어 있었는데 세이프리에서 장인들이 만든 요리로 냉기 저항이라는 버프 효과가 있었다. 계절과 환경별로 전투식량이 달랐다. 모두 그 계절에 맞는 버프 효과를 가지고 있었다.

그녀가 이끄는 병력의 경험치가 계속해서 올랐다. 신성이 토벌대에 있으니 경험치 버프 효과까지 있어서 평균 레벨의 성장이 눈에 보일 정도였다.

태풍이 호칸으로 몰아쳤다. 드래고니아를 벗어나 많이 약해져 있었지만 호칸에 심각한 피해를 주기에는 충분했다. 거인족에게는 지옥이었지만 토벌대들에게는 아주 좋은 구경거리였다.

토벌대는 이틀 동안 편안한 휴식을 취하고 바로 호칸으로 진격했다.

이곳까지 오며 많은 훈련을 했기에 토벌대는 에르소나의 지휘에 맞춰 한 몸이 된 듯 움직였다. 이 정도라면 앞으로 있을 레이드도 무리 없이 잘 넘길 수 있을 것 같았다.

'앞으로도 이렇게 잘 풀릴 수 있을지 의문이지만…….'

지금까지 좋은 일이 많았다.

에르소나가 자신과 뜻을 함께하고 있고 릴리스와 그로라도 합류했다. 무엇보다 그를 기쁘게 한 것은 루나가 아이를 가진 일이었다. 루나 덕분에 더욱 의욕적으로 어비스 점령에 나설 수 있었다.

드래고니아부터 거인족에 이르기까지 운이 너무 좋았다. 딱 절묘한 타이밍에 등장해 의도대로 흘러가게 하였다. 신성은 앞으로도 이렇게 술술 풀렸으면 했다.

신성은 호칸을 바라보았다. 호칸은 태풍의 여파로 처참한 몰골이었다. 그럭저럭 괜찮던 경치는 사라지고 없었다. 전사들만이 밖으로 나와 복구 작업을 하고 있다가 토벌대를 발견하고는 방어 태세에 들어갔다.

에르소나가 검을 치켜들었다가 앞을 향해 뻗었다. 그러자 토벌대가 빠르게 진격하기 시작했다.

신성의 눈에 달려 나가는 그로라가 보였다. 신성은 그로라에게 해골들을 붙여주었다. 해골들은 공격보다는 토벌대원들을 지키는 것 위주로 행동하고 있었다.

이런 다 이긴 싸움에서 인명 피해가 난다면 그것은 그거대로 곤란했다. 에르소나도 같은 생각이었기에 더욱 신중하게 지휘했다.

"그럼 나도 갔다 올게."

"그냥 얌전히 계시면 안 됩니까? 당신이 참전하면 토벌대는 제대로 된 경험을 할 수 없습니다."

"걱정하지 마. 내가 직접 나설 생각은 없으니까."

신성이 살짝 웃으며 말하자 에르소나가 호칸을 바라보며 다시 입을 떼었다.

"그로라, 그녀가 걱정되는 모양이군요."

"음, 그런 것도 있고."

"악신이면서 대단히 무르군요. 하긴, 고블린 때도 그랬지요."

"악신의 위선 정도로 봐줘."

고블린 웨이브 때 에르소나와 언쟁을 한 것이 생각났다. 지금은 그때와는 달랐다. 신성도 변했지만 에르소나도 상당히 변했다.

신성은 그것이 좋은 변화라고 생각했다.

'이곳이 어비스가 아니었다면 에르소나와 협력할 수 없었겠지.'

어비스에 있기에 신성과 그녀는 뜻을 같이할 수 있었다. 지구였다면 어림도 없었을 것이다. 하이엘프인 그녀는 지구인들이 지닌 악의를 못 본 척할 수 없기 때문이다.

신성도 드래곤이 되면서 예전에는 이해할 수 없었던 그런 마음을 이해할 수 있었다. 악신이 되었기에 더 객관적으로 바라볼 수 있었다.

신성도 자신이 착하지 않다는 것을 잘 알고 있었다. 그가 루나처럼 착했다면 이런 전쟁을 일으키지 않았을 것이다. 아무튼 신성은 악신이었다.

그 이름은 결코 가볍지 않았다.

"그러니까 나한테 잘해. 네 걱정도 해줄 테니."

"빨리 가기나 하십시오."

신성이 피식 웃으며 앞으로 나오자 데스나이트 두 기가 신성의 곁에 섰다. 이번에 새로 제작한 미스릴 도끼를 들고 있던 오우거도 신성의 호위로 붙었는데 대단한 존재감을 뿌리고 있었다.

신성은 거침없이 앞으로 나아갔다.

호칸의 주변에 잔뜩 긴장한 채 서 있는 거인족들이 보였다. 토벌대의 진격이 시작되자 어찌할 바를 몰라 하고 있다. 쿤타가 명령을 내려야 하지만 그럴 정신이 없을 것이다. 이미 그로라가 성벽을 파괴하고 안으로 들어가는 것이 보였기 때문이다.

거인족은 신성이 중요 인물임을 알아보았다. 서로 눈치를 보다가 신성에게 달려들기 시작했다. 달려드는 거인족을 바라보던 신성은 가볍게 손을 휘저었다.

그러자 오우거들이 앞으로 나왔다.

"크아아아!"

"크아!"

엄청난 함성을 내뱉더니 손에 든 미스릴 도끼를 휘둘렀다. 달려오던 거인족이 그대로 튕겨 나가며 바닥을 굴렀다. 도끼

날로 때린 것이 아닌 도끼의 면으로 때렸기에 신체가 잘려 나가거나 하지는 않았지만 온몸의 뼈가 박살 났다.

오우거들은 거대한 도끼를 어깨에 들쳐 메었다. 콧김이 연기처럼 뿜어져 나왔다. 그 모습이 꽤 멋있는지 주변에 있던 아르케디아인들이 환호했다.

"큰형님께서 행차하신다!"

"비키지 않으면 죽인다! 오우거의 도끼에는 자비가 없다!"

오우거의 거대한 근육이 부풀어 힘줄이 불뚝 돋아났다. 그것을 본 거인족들은 움찔거릴 수밖에 없었다. 멍청하고 바보 같던 오우거들이 지금은 그렇게 두려울 수가 없었다.

오우거의 가죽은 너무나 질겨 거인족의 무기가 잘 박히지도 않았다.

오우거는 하나, 하나가 공성 병기였다.

"성벽을 부숴."

신성이 명령하자 데스나이트들이 앞으로 나아갔다. 거대한 양손검을 얌전히 들고 있던 데스나이트들이 성벽을 향해 검을 휘둘렀다.

휘이이이! 파앙!

암흑 검기가 뿜어져 나가며 성벽이 단번에 박살 났다. 성안으로 들어가자 피어오르는 연기가 보였다. 쿤타와 그의 수하들이 호칸에 불을 지르고 있었다.

"오지 마! 으아악!"

호칸에 불을 붙이면서까지 그로라를 막으려 했다. 도망치기 위한 시간을 벌려는 것이다.

호칸에 번지는 불을 바라보는 그로라의 표정이 착잡했다. 거인족을 번영시킨 호칸이 처참하게 망가지고 불타오르고 있으니 당연했다.

신성은 타오르는 불을 바라보다가 손을 뻗었다. 그러자 불이 모조리 신성의 손으로 빨려 왔다. 불을 지배하는 홍염룡의 권능 앞에서 이런 짓은 시간 낭비일 뿐이었다.

갑자기 불길이 사라지자 쿤타는 당황했다.

"으, 으아!"

"도망쳐!"

"어, 어딜 가는 것이냐! 아, 안 돼! 돌아와!"

곁에 있던 부하들마저 쿤타를 버리고 호칸 밖으로 도망쳤다. 토벌대가 순식간에 파도처럼 밀어닥치며 호칸을 점령하기 시작했다.

'끝났군.'

몇 달간의 대장정이 막을 내리고 있었다.

그로라가 쿤타에게 다가가는 것이 보인다. 좋은 갑옷을 입고 있는 그로라와 마치 몇 달 동안은 씻지 않은 것 같은 쿤타의 모습은 너무나 대조적이었다. 쿤타는 바닥에 주저앉아 그로라를 바라보며 몸을 떨었다.

쿤타의 얼굴은 수없이 돋아난 종기로 엉망이었다.

"어, 어떻게… 어떻게 살아 있는 것이냐?"

"쿤타……."

"네년의 어미도, 네년의 동생도 내가 모조리 죽였는데 어째서 넌 안 죽는 것이냐? 어째서?"

쿤타의 말에 그로라의 표정이 굳었다. 신성은 쿤타가 그로라의 어머니를 죽인 것을 알고 있었다. 쿤타의 악업을 보는 도중에 발견할 수 있었다. 그러나 그로라는 몰랐던 모양이다.

그로라의 손에 들린 검이 부들부들 떨렸다. 당장에라도 베고 싶었지만 그로라는 인내력을 발휘했다.

그로라는 품에서 단검을 꺼내 쿤타의 앞에 던졌다. 쿤타는 자신의 앞에 떨어진 단검을 바라보고 얼굴을 일그러뜨렸다.

"대족장답게 자결해라."

"시, 싫어! 사, 살려줘! 제, 제발……."

"거인족의 명예를 더럽히지 마라."

쿤타가 그로라에게 빌기 시작했다. 그로라의 눈치를 보며 빌면서 은근슬쩍 단검으로 손을 가져갔다.

"호, 호칸을 떠나서 조, 조용히 있을게. 누, 누나잖아. 누나가 동생을 죽일 리 없지? 그렇지?"

"넌 도대체……."

"제발, 제발 부탁이야."

그로라는 쿤타를 슬픈 눈으로 바라보았다. 그녀는 쿤타를 용서할 수 없었다.

쿤타는 그런 그로라의 눈치를 살피다가 손에 든 대족장의 지팡이를 뻗었다.

파앗!

밝은 빛이 터져 나가자 그로라가 주춤거렸다. 쿤타는 단검을 들고 그로라에게 달려들었다. 그러나 그로라는 거인족 중에서도 손꼽히는 드루이드이자 전사였다.

"끄, 끄악!"

쿤타의 손이 잘려 나갔다. 그로라의 쿤타를 바라보는 눈이 차게 식었다. 끝까지 이런 모습을 보여주니 거인족으로서 실망하지 않을 수 없었다.

"아, 안 돼! 살려줘! 커억!"

그로라의 검이 쿤타에게 향하려는 순간 멈칫했다. 신성이 발사한 다크 애로우가 쿤타의 심장을 꿰뚫었기 때문이다. 그로라는 검을 든 채로 신성을 바라보았다.

"신성 님."

"자기 손으로 동생을 죽이는 건 그래도 좀 그렇지?"

아마 그 감촉은 평생 잊을 수 없을 것이다. 악신의 위선이라고 해도 좋았다. 그러나 신성은 그로라를 끝까지 챙겨줄 생

각이다. 남도 아닌, 이제는 한 가족이다. 루나와 자신의 사람
이었다.

그게 신성이 지금까지 지켜온 신념이기도 했다.

[거인족 대족장 쿤타의 영혼을 습득하였습니다.]
[쿤타의 영혼이 악신의 성으로 전송됩니다.]

*[티]질 나쁜 거인족 족장의 영혼
쿤타의 영혼이 신성에게 회수되었다. 그의 악업은 대단했기
에 꽤 긴 징벌을 받은 후에야 정화될 수 있을 것이다.

[대족장 쿤타가 토벌되었습니다.]
[대족장의 부족이 소멸하였습니다. 영지의 주인이 사라집니
다.]

*마을을 건설하여 새로운 영지를 세울 수 있습니다.

신성은 바닥에 떨어진 대족장의 지팡이를 주워 그로라에게
건넸다.

"드래고니아에서 네가 바라던 거인족을 만들어봐."

그로라가 지팡이를 받아 들고 조용히 신성에게 고개를 숙

였다. 어비스에서 강한 세력을 뽐내던 부족이 그렇게 사라졌다.

예상대로 드래고니아의 첫 전쟁은 쉽게 끝났다. 전쟁이 끝났지만 에르소나는 정찰대를 운영하며 남아 있는 세력을 정리했다. 처음부터 끝까지 완벽한 모습을 보여주었다.

겨울이 되면서 거인족의 영지에 냉기 속성의 몬스터가 늘어났기에 몬스터 정리까지 깔끔하게 해놓았다. 토벌대의 평균 레벨이 꽤 올랐고 각성에 이른 자들까지 생겼다. 전쟁은 비극이었지만 드래고니아에게는 굉장한 이득을 가져다주었다.

신성은 중앙 궁궐을 뒤지고 있었다.

벽에 구멍이 뚫려 있어 안이나 밖이나 똑같았다.

"이제 주둔 병력만을 남기고 철수할 생각입니다. 근데 뭐 하고 계십니까?"

신성이 여기저기 뒤적거리고 있는 모습을 본 에르소나가 물었다. 에르소나와 같이 들어온 그로라 역시 머리에 물음표를 떠웠다.

"아, 마침 잘 왔어. 그 위대한 대전사만이 열 수 있다는 곳, 그곳으로 가는 입구를 찾는 중이야."

"그곳에 들어가려면 열쇠가 있어야 합니다. 거인족 역사상 누구도 들어가지 못했지요."

신성이 그로라의 말에 인벤토리에서 열쇠를 꺼내 보였다.

그로라가 놀란 눈으로 신성을 바라보았다. 그로라 역시 전설에 대해 듣고 자랐기에 대단한 흥미를 보였고 에르소나 역시 관심을 보였다. 어쨌든 숨겨진 퀘스트나 마찬가지였기 때문이다.

보통 이런 퀘스트에서는 아주 좋은 아이템이 나오곤 했다. 거인족 역사상 누구도 들어가지 못한 곳이라면 분명 엄청난 것이 숨겨져 있을 것이다.

신성도 잔뜩 기대하고 있었다.

"에르소나, 어때? 너도 같이 찾아볼래?"

"잠시 시간을 내보는 것도 괜찮겠지요."

그렇게 말한 에르소나는 가장 적극적으로 주변을 뒤지기 시작했다. 신성은 피식 웃고는 드래곤의 눈으로 꼼꼼하게 살펴보다가 입구를 찾아냈다.

"여기로군."

왕좌 밑에 통로가 있는 것이 보였다. 신성이 왕좌를 부수고 바닥의 벽돌을 치우자 굳게 잠겨 있는 문이 나타났다. 힘 있게 문을 뜯으니 지하로 가는 통로가 보였다.

꽤 넓어서 거인족인 그로라도 무리 없이 들어갈 수 있을 정도였다.

이런 통로가 있다는 사실을 그로라도 모르고 있었다.

신성이 먼저 안으로 들어가자 그로라와 에르소나가 따라

왔다. 사다리를 타고 한참을 내려가니 커다란 통로가 나왔다. 거인족치고는 그럭저럭 잘 만들어놓은 통로였는데 좋지 않은 냄새가 났다.

"보물로 향하는 길이라고는 볼 수 없군요. 냄새가 마치 쓰레기 처리장 같습니다."

에르소나의 감상이다. 에르소나가 손을 휘젓자 라이트 마법이 펼쳐졌다. 통로를 자세히 볼 수 있었는데 투박하던 통로는 끝으로 가면 갈수록 정교하고 화려해졌다. 먼지가 쌓여 있었지만 그 화려함은 죽지 않았다.

"이 부분부터는 거인족이 지은 것이 아니군."

"호칸이 본래 다른 종족의 도시였다는 말을 들은 적이 있습니다. 어머니가 이야기해 주셨지요."

신성의 말에 그로라가 대답했다.

그로라 역시 이곳에 대해 아는 바가 전혀 없었다.

신성은 벽에 쌓인 먼지를 손으로 훑었다. 무언가 예전이 이곳에 와본 것 같은 느낌이 들었다. 기묘한 느낌에 잠시 서 있던 신성은 다시 통로를 걷기 시작했다.

그로라가 통로를 바라보다가 입을 떼었다.

"루나 님이 계셨으면 좋아하셨을 것 같습니다."

"드래고니아 밖은 위험해. 뭐가 나올지도 모르는 이런 곳에 데려올 수는 없지."

그로라는 신성의 그 말에 살짝 미소 지었다. 애정 표현은 루나가 주로 했지만 신성이 얼마나 그녀를 생각하고 있는지 평소의 신성의 말과 행동에서 드러났다.

통로의 끝에 이르자 커다란 문이 보였다. 굳게 잠겨 있는 문은 무척이나 매끈한 재질이었는데 어떠한 무늬도 장식도 존재하지 않았다. 단 하나의 구멍만 있을 뿐이다.

문 주변에 해골이 가득했다.

"해골이 있군요. 거인족 같습니다. 시체가 사라지지 않는 것을 보니 특수한 공격에 당한 것 같군요."

"문을 열려고 시도한 역대 거인족 대전사들 같습니다."

바닥에 떨어져 있는 무기를 보고 그로라가 에르소나의 말에 답했다. 이곳에서 죽은 거인족 대전사는 꽤 많았다. 그러나 누구도 문을 열 수 없었고 이곳에서 죽음을 맞이했다.

"열어볼까?"

신성은 가벼운 마음으로 열쇠를 들었다. 에르소나는 표정을 굳히며 해골을 살폈다. 그로라도 마찬가지였다.

"심상치 않군요. 조금 더 조사해 봐야 할 것 같습니다. 아예 함정일 가능성을 배제할 수 없습니다."

"맞습니다. 에르소나 님 말씀대로……."

에르소나와 그로라가 몸을 흠칫했다. 어느새 문에 다가간 신성이 열쇠를 구멍에 넣었기 때문이다.

말릴 새도 없이 신성이 열쇠를 돌렸다.

"응? 뭐라고?"

찰칵!

문에서 들려오는 그 소리에 모두가 긴장했다.

* * *

문에서 무언가 돌아가는 소리가 났다. 에르소나와 그로라는 잔뜩 굳은 표정으로 신성을 바라보았다.

신성은 아무런 일도 발생하지 않자 계속해서 열쇠를 돌렸다.

딸깍! 딸깍! 딸깍!

문에서 계속해서 소리가 나자 그로라와 에르소나의 안색이 더 나빠졌다. 신성은 고개를 돌려 둘을 바라보았다.

"이거 아무런 반응도 없……."

신성이 그렇게 말하는 순간 문에서 환한 빛이 터져 나오더니 엄청난 뇌전이 발생했다. 에르소나와 그로라는 화들짝 놀라며 뒤로 피했다.

눈이 부실 정도로 강한 뇌전이었다. 열쇠를 계속해서 돌린 탓에 뇌전은 몇 배 이상 강해져 있었다.

'그냥 함정이군.'

신성은 엄청난 뇌전 공격을 받으면서도 그렇게 생각할 뿐이었다. 애초부터 이렇게 되도록 설계해 놓은 것이다. 자격이 되었을 때 열리는 것이 아니라 견뎌내야 하는 것이다. 에르소나처럼 레벨이 높은 아르케디아인도 단번에 죽어버릴 만큼 뇌전은 강력했다. 아마 신성이 뇌전의 힘을 얻지 못했다면 마력 스킨이 깨지고 대미지를 입었을 것이다.

신성의 몸으로 들어오는 뇌전은 드래곤 하트를 달구었다. 마치 자신이 배터리가 된 것 같은 느낌이다. 마력이 드래곤 하트에 가득 넘쳐흐르다가 온몸을 질주했다.

치지지지직!

에르소나와 그로라는 뇌전에 휩싸여 있는 신성을 보며 놀란 표정을 지었다. 화들짝 놀라며 빠르게 피하기는 했는데 멀리 있는 곳까지 찌릿찌릿함이 느껴졌다. 주변에 있던 시체들은 모두 가루가 되어 사라졌고 바닥이 녹아 흐물흐물해졌다.

"괘, 괜찮습니까?"

그로라가 식은땀을 흘리며 묻자 신성이 고개를 끄덕였다.

"시원한데? 심장마사지를 받는 느낌이야."

"그건 그거대로 위험한 것 같습니다만……."

신성의 말에 그로라가 황당한 표정을 지으며 말했다.

신성은 뇌전이 막대한 마력을 충전해 주자 드래곤 하트가 간질거리는 것이 느껴졌다. 신성은 열쇠를 구멍에서 뺐다. 그러자 뇌전과 함께 열쇠 구멍 역시 사라졌다.

신성은 손에 든 열쇠가 부서지자 눈을 깜빡이며 에르소나와 그로라를 바라보았다.

"이거 망가져 버렸는데?"

에르소나가 신성에게 다가가며 신성의 손에 들린 부서진 열쇠를 향해 손을 뻗었다. 그녀의 손이 신성의 손에 닿는 순간이다.

치지직!

"꺄악!"

에르소나가 비명을 지르며 바닥에 주저앉았다. 신성의 몸에 남아 있는 뇌전이 그녀의 몸을 흔들었기 때문이다. 타격은 그다지 없었지만 대단히 놀란 듯싶었다.

신성은 그녀답지 않게 비명을 지른 것이 대단히 신선하게 느껴졌다. 신성은 에르소나를 바라보다가 손가락으로 그녀의 어깨를 찔러보았다.

찌릿!

"윽! 그, 그만두십시오!"

찌릿한 감각에 기겁하며 피하는 에르소나였다.

'방어 무시로군.'

미스릴 갑옷을 입고 있는 에르소나의 방어력은 대단히 높았다. 미약하게 남아 있는 뇌전에 저런 반응을 보이는 것을 보면 문에서 뿜어져 나온 뇌전에는 방어 무시 속성이 붙어 있는 것이 틀림없었다.

'이러니 다 죽어버리지.'

뇌전에 대해 파악한 신성은 에르소나를 바라보았다.

신성이 장난스러운 미소를 지으며 손가락을 꿈틀거리자 에르소나는 무기까지 뺄 기세였다. 그로라가 그걸 지켜보고 한숨을 내쉬었다.

"그만하시는 것이 좋을 것 같습니다."

"이제 대충 알 것 같으니 그렇게 하도록 하지."

그로라가 말리자 신성이 피식 웃으며 대답했다. 에르소나는 쭈뼛 선 머리를 정리하고는 신성을 노려보았다. 신성이 별다른 말을 하지 않자 작게 한숨을 내쉬며 고개를 절레절레 저었다.

신성은 부서진 열쇠를 버렸다.

"아무래도 열지 않는 것이 좋겠어. 보물이 있는 장소라고 보기보다는 봉인진 같은 느낌이야. 차려진 밥상 같은 느낌이 너무 드는군."

"그렇군요. 이런 경우라면 손대지 않는 것이 좋을 것 같습니다."

에르소나가 냉정함을 되찾으며 대답했다.

신성은 아쉽기는 하지만 물러나는 것이 좋을 것 같았다고 생각했다.

신성이 그렇게 생각할 때였다.

문에서 소리가 났다. 에르소나와 그로라가 긴장하며 문을 노려보았다. 신성 역시 드래곤의 눈으로 문을 바라보았다.

철컹!

신성과 에르소나의 눈이 마주쳤다.

열린 것은 문이 아니었다. 바닥이 열리며 그대로 밑으로 떨어졌다. 신성이 에르소나를 품에 안고 그로라의 손을 잡았다.

[날아라.]

용언을 쓰자 모두의 몸이 공중에 멈췄다. 그러자 세 명 모두 안도의 한숨을 내쉬었다. 신성의 목에 손을 두르고 있던 에르소나는 살짝 얼굴을 붉히며 신성의 시선을 피했다. 그로라는 허둥거리다가 모든 것을 포기하고 가만히 있었다.

신성은 고개를 들어 위를 바라보았다.

철컥!

들어왔던 곳이 다시 닫혔다.

"함정이군요."

"그러게. 꽉 잡아."

"떨어지고 싶습니다만……."

에르소나의 말이 들리는 순간 용언의 효과가 풀리며 아래로 떨어져 내리기 시작했다.

아래에 반짝이는 것이 보였다. 날카로운 칼날이 돋아 있다. 신성은 전형적인 함정이 보이자 눈썹을 찡그렸다.

"파이어 웨이브!"

불의 파도가 뿜어져 나가며 칼날을 모조리 박살 냈다. 바닥에 착지한 신성은 주변들 둘러보았다. 에르소나가 신성의 품에서 떨어지며 라이트 마법을 펼쳤다.

떠오른 빛의 구가 불안정하게 흔들렸다. 마력 간섭이 존재했다.

"그로라, 괜찮아?"

"네, 괜찮습니다."

착지가 불안정하기는 했지만 그로라는 멀쩡했다. 신성은 주변을 바라보았다. 신성의 눈앞에 커다란 문이 있었다. 이런 상황에서 문을 여는 것은 좋지 않은 선택이었다. 신성의 감각이 그렇게 말해주었다. 지금 당장 이곳을 벗어나는 것이 좋다고 말이다. 보물은커녕 함정이 득실거릴 것 같았다.

에르소나가 벽을 살펴보고 입을 떼었다.

"높군요. 평범하게 올라가는 건 무리일 것 같습니다. 벽도 매끈해서 잡을 곳도 없고 마력 간섭도 있습니다."

"본체로 돌아가서 빠져나가야겠군. 꽤 넓은 공간이니 문제없어."

본체로 돌아간다면 쉽게 빠져나갈 수 있을 것 같았다. 막아서는 함정 따위는 모조리 박살 내면서 나아가면 되니 말이다.

신성은 본체로 돌아가기 위해 용언을 썼다.

"응?"

"왜 그럽니까?"

용언이 써지지 않았다. 용언을 쓰려고 하면 마력이 흩어져 버렸다. 흩어진 마력은 문으로 빨려들어 가고 있었다.

"변신이 안 되는데?"

"…심각하군요. 완벽하게 갇혔습니다."

에르소나의 표정이 굳어졌다. 에르소나는 자신의 스킬을 점검해 보았다. 마력 간섭이 있기는 하지만 무리 없이 쓸 수 있었다. 그것은 그로라도 마찬가지였다. 하지만 신성이 드래곤 하트의 마력을 뿜어내려고 하면 금세 흩어져 버렸다.

신성은 이런 상황이 처음이라 당황했다. 마력을 사용할 수 없으니 마력 스킬 역시 가동할 수 없었다. 오로지 육체의 힘으로 이 난관을 극복해야 했다.

신성이 마력을 쓸 수 없다고 말하자 에르소나와 그로라는 심각해졌다. 신성은 강력한 보호막과 다름없었다. 그러나 이번에는 그 보호막을 기대하기 어려워 보였다.

"그로라, 신성 마법을 쓸 수 있습니까?"

"네, 에르소나 님. 힐을 포함한 기본적인 신성 마법을 쓸 수 있습니다."

"좋군요. 최대한 신성력을 아껴두도록 하세요."

인벤토리에 식량도 많으니 당분간은 괜찮았다.

에르소나와 그로라는 무기를 들고 주변을 경계했다. 그녀들의 이런 모습이 신성은 꽤 든든하게 느껴졌다.

"뜻하지 않게 모험을 하게 생겼네. 어쩔 수 없지. 기왕 이렇게 된 거 끝까지 가보자고."

신성의 말에 에르소나와 그로라는 굳은 표정으로 고개를 끄덕였다.

저 문을 여는 것은 꺼려졌으나 다른 방법이 없었다.

신성은 오랜만에 가슴이 두근거렸다. 위험부담이 있는 모험이야말로 진짜 모험이었다. 안전하게 가는 것이 제일이지만 어쩔 수 없는 상황이니 모험을 할 수밖에 없었다.

신성이 마력을 쓸 수 없기는 하나 워낙 스탯이 높기에 그는 여전히 강했다. 어떤 몬스터가 나오더라도 충분히 박살 낼 수 있을 것이다.

'드래곤과 관련이 있군. 기우였으면 좋겠지만 그럴 리 없겠지.'

드래곤의 힘을 흩어버릴 수 있는 존재는 역시 드래곤뿐이었다. 아마 이런 함정이 있는 것을 보면 그다지 호의적이지는 않을 것이다. 신성은 작게 한숨을 내쉬고 문 앞에 섰다.

그동안 너무 방심했다. 어쩌면 일이 잘 풀린 대가를 곱빼기로 쳐서 대가를 받는 것인지도 몰랐다.

"그럼 열어볼게."

신성은 문 앞에 섰다. 가볍게 손으로 밀자 문이 너무나 쉽게 열렸다.

드르르륵!

거대한 문이 깔끔하게 열리며 내부의 공간이 모습을 드러냈다. 신성은 긴장된 표정으로 내부를 바라보았다. 오랜만에 드는 긴장감이 나쁘게 느껴지지 않았다. 그동안 잊고 있던 감각이 살아나는 느낌이다.

문 안으로 들어섰다. 신성이 안으로 들어서자 내부에 있던 횃불이 자동으로 켜졌다. 먼지가 쌓여 있기는 했지만 전체적으로 깔끔했다. 침입한 흔적은 없으니 신성이 처음 들어오는 것이다.

문이 자동으로 닫혔다. 드래곤의 눈으로 주변을 바라보니 마력이 마치 살아 있는 것처럼 흐르고 있었다. 이 정도의 마력이 밖에서 감지되지 않는 것을 보면 상식을 뛰어넘는 존재가 만든 것 같았다.

신성이 잠시 멈춰 벽을 바라보자 에르소나 역시 벽을 바라보았다. 그녀의 눈에도 마력의 흐름이 보일 것이다.

"마치 살아 있는 것처럼 느껴지는군요. 이런 곳, 들어본 적도 없습니다. 어비스에 존재해서는 안 되는 곳입니다."

"그래, 보통은 말이지."

"무언가 짐작 가는 것이 있습니까?"

신성은 에르소나의 말에 고개를 끄덕였지만 입 밖으로 그 짐작을 내뱉지는 않았다. 에르소나도 묻지 않았다. 어차피 나아가다 보면 알게 될 일이었다.

신성과 에르소나, 그리고 그로라는 주변을 경계하며 천천히 나아갔다. 깔끔한 복도는 길게 이어져 있었다. 어디까지 왔는지 헷갈릴 정도로 길었다.

'뭔가 있어.'

맨 앞에서 나아가던 신성이 멈추고는 손을 들었다. 그러자 에르소나와 그로라가 무기를 들고 주변을 경계했다.

갑자기 달라진 공기에 신성은 소름이 돋는 것을 느꼈다. 깔끔하던 벽이 갈라지며 무언가 등장하기 시작했다.

"적입니다! 해골? 아니, 저건……!"

벽에서 해골과 비슷한 것들이 쏟아져 나왔다. 두꺼운 뼈로 이루어져 있었는데 뼈가 마치 미스릴처럼 은은한 빛을 품고 있었다. 신성은 그 뼈를 보는 순간 그것이 무엇인지 본능적으로 이해할 수 있었다.

'드래곤 이와 뼈!'

그것에서 탄생한 괴물체였다.

370Lv

[B+]용아병(정예)

드래곤의 이와 뼈로 만든 전사.

대단한 내구력과 항마력을 지니고 있다. 누군가의 특수한 힘이 용아병을 만들었다. 용아병은 격렬하게 당신을 환영할 것이다.

용아병은 생각과 감정이 존재하지 않으며 오로지 명령만을 따르는 충실한 도구이다.

용아병이었다. 그런 용아병이 벽에서 계속 나오고 있었다. 복도를 가득 채운 용아병의 숫자가 순식간에 수십에서 수백으로 늘어났다.

용아병들이 달려들기 시작했다. 날붙이를 손에 들고 있었는데 무척이나 위협적이다.

콰앙!

신성이 주먹으로 용아병을 후려쳤다. 용아병이 뒤로 밀려났지만 내구도가 워낙 높아 부서지지 않았다. 에르소나와 그로라 역시 고전하고 있었다.

저것을 모두 상대하는 것은 무리였다. 이대로 가다가는 용아병의 숫자에 밀려 갇혀 버리게 될 것이다.

그렇다면 남은 것은 죽음뿐이었다.

"달려!"

신성의 말이 떨어지는 순간 모두 일제히 앞으로 달려나갔다. 다행히 앞쪽에는 용아병의 숫자가 적었다. 신성은 용아병을 후려친 다음 앞으로 계속해서 달렸다.

두드드드!

"더 옵니다!"

그로라의 절박한 말이 들려왔다. 천장이 열리더니 용아병들이 후두두 떨어졌다. 용아병의 속도는 상당히 빨라서 금방 따라잡힐 것 같았다. 에르소나는 활을 꺼내 빠르게 용아병들을 저격했다. 그러나 용아병들은 좀처럼 줄어들지 않았다.

"저를 타십시오!"

"뭐?"

"무슨 말입니까?"

그로라의 말에 앞으로 달리고 있던 신성과 에르소나가 그렇게 반응했다. 자신을 타라고 말하는 것이 이해가 되지 않았기 때문이다.

그로라는 설명을 행동으로 대신했다. 그녀는 뛰어난 드루이드였다.

앞으로 달려나가며 드루이드의 힘을 개방했다. 그로라의 몸에서 빛이 감돌더니 그로라의 몸이 변하기 시작했다. 그로라는 흰 털을 지닌 거대한 늑대가 되었다.

신성력을 머금어 아름다운 자태를 자랑했는데 지금은 그걸 감상할 시간이 없었다. 신성과 에르소나는 바닥을 박차고 뛰어올라 그로라의 위에 올라탔다.

그로라가 앞으로 빠르게 달렸다. 에르소나는 그로라의 위에서 달려드는 용아병에게 화살을 쏘았다.

휘이익! 팅팅!

용아병은 너무나 단단해 에르소나의 화살도 잘 통하지 않았다. 신성은 달려드는 용아병을 던져 버리며 앞을 바라보았다.

신성과 에르소나의 표정이 굳었다.

"얌전한 길이 있을 거라고는 기대도 안 했지만……."

"이건 너무하는군요."

앞에 통로는 없었다. 그 끝을 알 수 없는 절벽으로 이루어져 있었다. 그렇다고 멈추는 것은 불가능했다. 용아병들이 미친 듯이 달려들고 있었기 때문이다.

신성은 드래곤 하트가 두근거리는 것을 느꼈다. 절벽으로 갈수록 그것이 더 심해졌다.

절로 인상이 구겨졌다.

"그르르!"

그로라가 어떻게 하냐는 듯 울음소리를 내뱉었다.

"어딘가 탈출구가 있을 거야. 그걸 찾는다면……."

양심이 있다면 탈출구 하나 정도는 만들어뒀을 것이다.

신성이 그런 소리를 했지만, 아쉽게도 그럴 시간은 주어지지 않았다.

후드드득!

그로라가 발을 내디딘 곳이 갑자기 무너지기 시작하더니 밑을 향해 기울어졌다. 마치 시소를 타고 있는 것 같은 느낌이다. 그로라가 멈추려 했지만 경사가 더욱 심해져 빠르게 미끄러졌다.

"이런……!"

"꽉 잡아!"

순식간에 미끄러지며 아래로 떨어졌다.

신성은 지금 의식을 잃은 것을 자각했다.

드래곤이 되고 나서 처음일 것이다. 의식을 잃은 순간을 떠올려 보았다. 그다지 강한 충격은 없었다.

아래로 떨어지다가 푹신한 무언가가 느껴지고 나서 의식이 날아갔다. 에르소나와 그로라도 무사할 것이라는 확신이 들었다. 잘 생각해 보면 이 함정은 위험하기는 했지만 충분히 피할 수 있는 수준이었다. 무시무시한 용아병들이 득실거리는 곳치고는 허술했다.

'여기는……'

황금빛 들판이다.

신성이 아르케디아 온라인을 사랑한 이유가 바로 이 광경

때문이다. 신성은 고개를 돌려보았다.

그곳에 너무나 거대해서 한눈에 담을 수 없는 존재가 있었다.

눈을 깜빡인 순간 순식간에 그 존재가 사라졌다. 그리고 나타난 것은 자신과 너무나 닮은 여인이었다. 황금빛 눈동자도, 피부도, 분위기도 닮았다.

자신의 분신이 아닐까 하고 착각이 들 정도였다. 성별은 달랐지만 마치 거울을 보는 것 같았다.

'예상은 했지만······.'

신성은 그녀를 보는 순간 그녀가 누군지 알 수 있었다.

그녀의 심장에 꽂혀 있는 검은 신성이 전 재산을 쏟아부어 만든 S+ 랭크의 레전드급 검이다.

그녀의 몸에 있는 상처들 역시 격렬한 전투 끝에 새겨 넣은 것이다.

그녀의 눈빛은 여전히 사악했다.

*   *   *

신성은 그녀를 바라보았다. 그녀는 신성과 눈이 마주치자 싱긋 웃어 보였다. 그 웃음이 신성의 피부에 소름을 돋게 하였다. 설마 이런 식으로 얼굴을 맞대게 될 줄은 생각하지 못했다.

"용신 아르카다즈."

얼마 만에 불러본 이름인지 모른다. 그 이름은 신성에게 대단히 무거웠다. 과거 최후의 적이었고 미래에도 최후의 적일 것이다.

그러나 표정이 굳거나 긴장하지 않았다. 용신 아르카다즈와의 결투는 길었고 신성이 수천 번이나 죽어서 이미 익숙해질 대로 익숙해져 있는 상태였다.

그녀와의 싸움은 편법으로 만렙에 도달하고, 전 재산을 바쳐서 최고의 아이템으로 도배를 하고 나서도 장장 6개월이 넘게 걸렸다.

'그것도 제대로 봉인이 안 풀린 아르카다즈였지.'

당시 아르카다즈의 레벨은 800 후반대였다. 레벨 100이 넘는 차이가 있음에도 아르카다즈는 신성을 압도했다. 당시에 AI도 꽤 발전한 상태여서 꽤 많은 대화를 나눈 기억이 있다. 천둥과도 같은 목소리였지만 지금 떠올려 보면 너무나 아름다운 목소리였다.

가상과 현실, 그 차이가 없어지는 것이 느껴졌다. 기억에 혼란이 오거나 하지는 않았지만 새로운 것이 떠올랐다.

그녀와 있으니 무엇이 진실인지 구별이 되지 않았다.

"이신성, 내가 네 이름을 기억할 거라고 했지?"

그녀는 신성을 보며 진한 미소를 흘렸다. 그녀가 손가락을 튕기자 그녀의 모습이 달라졌다. 상처 입은 모습은 사라지고 아름다운 모습으로 바뀌었다. 루나와는 다른 아름다움이 존재했다. 신을 뛰어넘은 존재감은 그 아름다움을 돋보이게 해주었다.

"스토커는 사절인데."

"여전히 말은 잘하는군."

그녀는 유쾌한 듯 웃음을 내뱉었다. 신성과 그녀는 한동안 서로를 바라보고 있었다. 과거 격렬하던 싸움이 저절로 머릿속에 떠올랐다. 게임과 현실의 경계가 모호해졌다. 과거에 겪은 것이 게임인지 현실인지 헷갈릴 정도이다.

"이신성, 이번에는 누가 이길까?"

"내가 이길걸. 그러고 보니 네가 드롭한 아이템을 먹지 못했군. 용신 정도면 좋은 아이템을 주겠지?"

"잔인하네. 악신이라서 그런가? 그래, 나는 그 탐욕이 좋더라."

아르카다즈는 허세가 살짝 들어간 말을 가볍게 넘겼다.

그녀는 신성의 모든 것을 꿰뚫어 보고 있었다. 신성에게 가까이 다가와 신성의 뺨을 쓰다듬었다.

신성의 인상이 구겨졌다.

아르카다즈는 대단히 위험했다. 그녀가 무슨 생각을 하고 있는지는 모르지만, 그녀는 지구나 어비스, 그리고 다른 생명은 신경조차 쓰고 있지 않았다.

원래 그녀는 그런 존재였다. 마계를 지나 저 깊은 곳에서 깨어난 이유도 세상을 파괴하기 위함이었다.

아르케디아에서 가장 위대한 예언가는 그녀가 모든 것을 파괴하고 세상에 종말을 몰고 올 것이라고 예언했다. 그 후 뜬금없이 드래곤과 관련된 이야기가 패치되었고 아르카다즈가 등장했다.

개발자 측에서는 플레이어들의 수많은 질문에도 답하지 않았다. 그렇게 흘러갔고, 얼마 후 신성이 아르카다즈를 잡자 세상은 변했다.

'다행히 정상이 아니야. 아직 회복 중인가 보군.'

다행이라면 최후의 결전 때의 상처가 남아 있는 것 같았다. 드래곤 하트를 완전히 찢어버린 것이 크게 작용하고 있었다.

"지구는 꽤 재미있는 곳이더군."

그녀는 지금 변화된 세상을 알고 있었다.

아르케디아에서 지구로 온 모두가 그녀를 몰랐지만 그녀는 모든 것을 알고 있었다. 아마 그 변화는 그녀와 깊은 관련이 있을 것이다.

신성은 그렇게 생각했다.

"아직 어리네. 좀 더 성장해서 마계로 와."

신성이 지구, 그리고 어비스에서 강력한 영향을 미치고 있듯이 마계는 아무래도 아르카다즈가 큰 영향을 미치고 있는 것 같았다.

아르카다즈가 손을 뻗자 황금빛 들판이 사라졌다. 신성은 의식이 회복되는 것을 느꼈다. 그녀와 이어진 의식이 곧 끊길 것이다.

"선물을 줄게."

그녀의 속삭이는 듯한 목소리가 들려왔다. 신성은 그녀에게 뭐라 말하려 했지만 이미 늦었다.

신성의 의식이 또렷해지며 결국 깨어났다.

"정신 차리십시오!"

에르소나의 목소리가 들렸다.

에르소나가 그렇게 말하며 신성을 흔들었다. 신성의 뺨을 치는 그녀의 행동에서는 다급함이 느껴졌다. 신성은 슬쩍 눈을 뜨고 주변을 바라보았다. 에르소나가 굳은 표정으로 신성을 붙잡고 있고 그로라는 주변을 살피고 있었다.

'응?'

그로라의 모습이 조금 이상한 것 같았다.

신성이 다시 슬쩍 눈을 감으려는데 에르소나가 그것을 발견하고 깊은 한숨을 내쉬었다.

"아직도 장난칠 생각이 있습니까?"

"조금 더 따듯하게 깨워줬으면 했는데."

"하아."

에르소나가 어이없다는 눈으로 신성을 바라보았다. 그로라 역시 그러했다. 신성은 깊은 숨을 내쉬고 몸을 일으켰다. 주변이 대단히 추웠다.

에르소나의 갑옷에는 서리가 맺혀 있었다. 냉기 저항력을 지닌 미스릴 갑옷이 저 정도였다. 일반 아르케디아인이라면 잠시도 버티지 못할 것이다.

신성은 드래곤 하트의 마력이 바닥난 것이 느껴졌다. 차오르고 있기는 하지만 이 알 수 없는 추위가 신성의 마력을 동결시키고 있었다. 마력이 부족해 홍염룡의 기운을 제대로 쓸 수 없었지만, 추위는 큰 문제가 되지 않았다.

신성은 로브를 벗으며 에르소나에게 건넸다. 그리고 그로라를 바라보았다. 신성이 고개를 갸웃했다. 누워 있을 때도 이상했는데 일어나서 보니 더 이상했다. 그로라의 몸이 자신보다 작아져 있었다. 휴먼족의 소녀를 보는 듯한 모습이다.

"아직 꿈인가?"

"드루이드의 힘이 가져온 부작용입니다. 너무 무리하게 야수화를 하는 바람에……."

그렇게 말하는 그로라의 턱이 떨리고 있다.

신체 능력이 다운되었는지 몸을 떨고 있었다. 신성은 인벤토리에서 로브를 꺼내 그녀에게 건넸다. 악신의 신도들이 입는 옷인데 루나에게 입혀볼까 해서 가지고 있던 것이다. 꽤 귀여운 옷이라 현재의 그로라에게 잘 어울렸다.

"그럼 계속 그 상태야?"

"본래 이 정도 쉬면 회복이 되었지만… 이곳에서는 힘이 돌아오지 않는군요."

드루이드의 힘에 신성력이 더해졌으니 부작용이 없을 수가 없었다.

신성은 그로라를 바라보았다. 악신의 신도가 입는 로브를 두르고 있어 귀여움이 더욱 증폭되었다. 지금의 모습을 루나가 보았다면 대단히 좋아할 것 같았다.

에르소나도 힐끗 바라보며 가끔 훈훈한 미소를 지었다.

추위는 갈수록 심해졌다. 신성은 앞에 보이는 통로에서 냉기가 뿜어져 나오는 것을 발견했다. 사방이 막혀 있어 그 쪽으로 가볼 수밖에 없었다.

어느 정도 걷자 푹신푹신한 눈의 감촉이 느껴졌다.

"꺄악!"

비명과 함께 그로라가 갑자기 사라졌다. 에르소나가 다급히 그로라에게 다가가다가 아래로 몸이 푹 커졌다. 함정에 빠진 것은 아니었다.

바닥에는 눈이 깔려 있었다. 통로에서부터 마력을 담은 눈발이 날아오며 바닥에 잔뜩 쌓인 것이다. 평지로 보였지만 급경사가 시작되어 그로라가 대책 없이 파묻혀 버렸다.

얼굴만 올라와 있는 그로라가 보였다. 몸을 허둥거리며 간신히 원래 있던 곳으로 올라왔다.

그로라는 분한 듯 눈을 노려보았다. 거인족인 그녀에게는 있을 수 없는 수치였다.

신성과 에르소나의 눈이 마주쳤다.

"풋."

"하하하!"

에르소나와 신성이 웃어버리자 그로라의 얼굴이 붉게 물들었다. 에르소나가 그로라를 안아 들었다. 그로라는 한숨을 내쉬었지만 눈에서 버둥거리는 것보다는 나았기에 얌전히 있었다.

눈을 맞아가며 앞으로 나아갔다.

"출구가 보입니다."

"드디어……!"

통로의 끝이 보였다.

이 지긋지긋한 곳을 빠져나갈 수 있다고 생각하니 에르소나와 그로라의 표정이 밝아졌다. 빛이 보이는 것을 보니 외부와 연결된 것이 틀림없었다.

그러나 신성은 일이 그렇게 잘 풀릴 것으로 생각하지 않았다. 무려 용신이 관련된 일이다. 깜짝 이벤트라도 준비해 놓지 않았을까 하는 생각이 들었다.

출구로 나오자 거대한 공간이 모습을 드러냈다. 뚫린 천장으로 보이는 하늘은 요동치고 있었다. 앞이 보이지 않을 정도로 눈이 내리고 있었는데 돌풍까지 불어 신성의 몸이 금세 눈으로 덮였다. 마력 스킨이 없으니 이런 것이 상당히 불편했다.

"저기 뭔가 보입니다!"

에르소나가 외쳤다. 거센 눈발 사이로 무언가 보였다. 거대한 언덕인 것 같았다. 천장이 그리 높은 편이 아니니 저 언덕을 통해 위로 올라간다면 이곳을 빠져나갈 수 있을 것 같았다.

"저 언덕을 통해 빠져나가도록 하지요!"

에르소나가 그렇게 말하며 앞서가기 시작했다. 신성 역시 그녀를 뒤따라가다가 멈춰 섰다.

"에르소나! 잠깐!"

신성이 외치자 에르소나가 멈추었다. 신성의 표정이 심상치 않음을 발견한 에르소나가 의아한 표정으로 신성을 바라보았다.

그 순간이었다.

뚝!

거센 바람 소리도, 눈발도 모두 멈춰 버렸다. 마치 시간이 멈춘 것처럼 모든 것이 정지되었다. 에르소나의 품에 있던 그로라는 손을 뻗어 공중에 멈춰 있는 눈을 만져보았다. 손에 닿은 눈이 구슬처럼 튕겨 나가며 다른 눈과 부딪쳤다.

빛을 내며 부서지는 광경은 대단히 아름다웠다. 그러나 신성과 에르소나, 그로라는 마냥 그 광경을 감상하고 있을 수 없었다.

"이 연출… 분명 보스급 몬스터가 등장할 때나 나올 법한 화려한 연출입니다."

"그러게."

에르소나의 말에 신성 역시 동의했다. 신성은 드래곤의 눈으로 언덕을 바라보았다. 눈이 쌓여 있는 언덕에서 강한 진동이 뿜어져 나왔다. 그 진동은 바닥에 쌓인 눈을 뒤흔들더니 파도를 일으켰다.

신성과 에르소나, 그리고 그로라가 눈에 휩쓸리며 뒤로 밀려났다. 얼굴에 묻은 눈을 닦은 신성은 갈라지기 시작한 언덕을 바라보며 표정을 굳혔다.

"저게 그 선물이었군."

"선물? 무슨 말입니까?"

"아! 말 안 했던가?"

그제야 신성은 에르소나에게 용신에 대해 이야기하지 않은 것을 깨달았다.

"아까 잠깐 용신을 만났거든."

"요, 용신? 용신이라면 그… 최종 보스 말입니까?"

"그래. 조금 도발했더니 나한테 선물을 준다더군."

에르소나가 얼음이 된 것처럼 굳어버렸다. 그로라는 대화를 이해하지는 못했지만 심각한 상황임은 인지했다.

"도대체 왜 그런 경솔한 행동을 한 겁니까?"

"옛날 생각이 나서 말이지."

"벌써 그 용신과 얽히게 되면……."

두드드드드!

엄청난 폭음이 들려왔다.

에르소나는 뻣뻣하게 굳은 목을 돌려 언덕을 바라보았다.

언덕을 덮고 있던 눈이 사방으로 뿜어져 나왔다. 땅을 울리는 진동과 함께 뿜어져 나온 눈은 마치 산사태를 보는 것 같았다.

거대한 눈이 밀려오기 시작했다. 순식간에 치솟은 눈은 마치 빌딩을 보는 것처럼 컸다.

신성과 에르소나는 무작정 반대 방향으로 뛰기 시작했다. 신성이 뒤를 슬쩍 바라보니 거대한 눈이 해일이 되어 다가오고 있었다.

"크윽!"

에르소나의 발이 삐끗했다. 몸이 얼어붙어 가고 있어 제대로 움직일 수 없었다. 이미 눈의 해일은 천장에서 들어오는 빛을 가린 상태였다. 신성은 재빨리 에르소나의 몸 위에 자신의 몸을 겹쳤다.

콰가가가가!

거대한 눈이 모두를 덮쳤다. 마치 격렬한 해류 속에 빠져 버린 것 같았다. 눈에 이리저리 휩쓸려 다니다가 어느 순간 멈추었다. 사방을 둘러보았지만 눈 속에 파묻혀 아무것도 보이지 않았다.

신성은 마력이 어느 정도 돌아왔음을 느꼈다. 아직 본체로 현신할 수 있을 정도는 아니었지만 동결된 마력은 서서히 풀려가고 있었다. 눈사태가 일어난 이후 마력 동결 현상이 약해진 것이다.

신성은 홍염룡의 힘을 일으키며 눈을 녹였다.

"괜찮아?"

"어떻게든 산 것은 같습니다."

"잠시 루나 님을 뵙고 왔습니다."

신성이 불꽃을 내뿜자 추위가 사라졌다. 에르소나와 그로라의 안색도 편해졌다.

"이런 이벤트는 처음인데."

"당신과 있으면 늘 이렇군요."

"하하, 저번에도 그랬지."

에르소나는 이제 반쯤 포기한 듯 보였다.

신성은 그랜드캐니언에서 한 모험이 생각났다. 그때도 몇 번이나 죽을 뻔했다. 그때에 비해 지금은 양반이었다.

'일단…….'

신성은 마력을 방출하며 주변의 눈을 모조리 녹여 버렸다. 눈은 이미 얼음이 되어 있었다.

포근하던 눈이 엄청난 추위에 순식간에 얼어붙어 빙벽이 되어버린 것이다.

신성이 아니었다면 모두 이곳에 갇혀 얼어 죽었을 것이다. 물론 신성이 아니었다면 이곳에 올 일도 없었겠지만 말이다.

"저번에도 결국 어떻게든 이겨냈잖아? 이번에도 그러겠지."

"부디 그랬으면 좋겠습니다만……."

신성의 말에 에르소나는 다시 한번 한숨을 내쉬며 그렇게 말했다. 에르소나는 신성과 같이 있다가는 주름이 늘어날 것만 같은 예감이 들었다.

"왠지 기분 나쁜 예감이 듭니……."

그로라가 말하는데 에르소나가 다급히 그로라의 입을 막았다.

"그런 말을 하면… 그런 일이 일어나더군요. 부디 마음속으로만 생각해 주시길."

"하지만… 아, 알겠습니다."

루나교의 신도가 되고 신성력을 얻으면서 드루이드 스킬이 더욱 발전한 그로라였다. 그녀는 미약하게나마 예지 같은 것도 할 수 있었는데 그 부분에 관해서는 이야기하지 않았다. 그냥 자신의 예감이 틀리기를 바라고 있었다.

"악신이 여기에 있는데 그런 미신을 믿는 거야? 방금 그 눈 사태가 전부일 수도 있지."

신성의 말에 에르소나와 그로라는 부디 그랬으면 하고 격렬하게 고개를 끄덕였다. 더 이상의 고생은 사양이다. 에르소나와 그로라는 어서 드래고니아로 복귀하고 싶은 마음뿐이었다.

"일단 올라가자."

신성 일행은 빙벽을 타고 위로 올라갔다. 빙벽 위로 올라오자 딴 세계가 펼쳐져 있었다. 조금 전까지는 거대한 공간 안에 있었는데 지금은 높은 산 위에 있었다. 어떻게 호칸에서 이리로 온 것인지 이해가 되지 않았다.

대단한 추위가 느껴졌다. 에르소나와 그로라가 버티기 힘들 정도로 추웠다. 둘은 어쩔 수 없이 신성 옆에 붙어 있을 수밖에 없었다.

"호칸에서부터 꽤 멀리 왔군요."

"공간 이동이라도 한 걸까?"

"그럴지도 모르겠습니다. 이곳은 어비스의 중심부와 가까운 것 같으니까요."

신성과 에르소나의 대화이다. 주변을 살펴보던 그로라는 멀리 떨어져 있는 빙벽을 바라보았다. 마치 크리스털을 보는 것 같이 아름다웠다. 탄성이 절로 나올 정도였다.

그러다가 그것이 엄청나게 커다란 다른 무언가임을 깨닫고
는 주춤 물러났다.

"저건… 동상이 아니겠지요?"

그로라의 말에 신성과 에르소나도 그쪽을 바라보았다.

기척을 느꼈기 때문일까?

거대한 빙벽이 움직이기 시작했다. 얼음으로 이루어진 날개
가 펼쳐지고 거대한 머리가 움직였다.

에르소나가 신성을 바라보았다.

"용신의 선물이라는 것이……."

"그래, 아마 저건가 봐."

거대한 몸체가 완전히 펼쳐졌다. 그것은 신성의 몸보다 더
커다란 얼음으로 이루어진 드래곤이었다. 어비스의 겨울을 더
욱 차갑게 만들며 거대한 눈의 폭풍을 만들어내고 있었다.

520Lv

[A+]화이트 드래곤(초대형)(보스)

냉기를 지배하는 드래곤.

비늘이 마치 얼음을 깎아놓은 것처럼 투명하다. 크리스털 드
래곤이라고도 불리며 겨울을 불러오는 존재라고 알려져 있다.
어비스의 겨울은 이 거대한 화이트 드래곤의 잔해에서 생긴 것

이다.

용신 아르카다즈가 친애하는 숙적인 이신성을 위해 손수 권능을 일으켜 부활시켰다.

용신의 힘이 깃들어 있어 드래곤의 힘을 흡수할 수 있다. 화이트 드래곤의 브레스는 시간과 공간마저 얼린다고 알려져 있으니 되도록이면 피해가는 것이 좋다.

[용신의 권능으로 화이트 드래곤이 깨어났습니다.]

[어비스의 중심을 먹어치운 후 드래고니아로 진격할 것입니다.]

[어비스가 극심한 추위에 빠집니다.]

쿠오오오오!

화이트 드래곤이 울부짖었다.

"선물이 참 요란하군."

신성은 맹세하건대 저렇게 큰 선물을 받아본 적이 없었다.

선물에 파묻혀 인생이 마무리될 것 같았다.

CHAPTER 2
언데드 작전

화이트 드래곤이 드래곤 피어를 뿜어내며 신성을 바라보았다. 에르소나와 그로라의 표정이 새파랗게 질리며 몸이 굳어 버렸지만 신성은 별다른 영향이 없었다. 다만 저 무지막지한 놈을 어떻게 상대해야 할지 감이 잡히지 않았을 뿐이다.

　쿠오오오!

　드래곤이 울부짖자 산 전체가 뒤흔들렸다. 쌓여 있는 거대한 눈이 폭발하듯이 치솟으며 사방으로 밀려 나가기 시작했다. 신성이 서 있는 곳도 마구 흔들리며 갈라졌다.

　에르소나와 그로라는 드래곤 피어의 영향으로 움직이지 못했다.

'명령에 움직이는 시체 주제에……!'

화이트 드래곤은 자신의 의지를 지닌 것이 아니었다. 권능으로 부활했다고는 하지만 의지는 느껴지지 않았다. 의지가 없으니 용언 역시 사용하지 못할 것이다. 용언을 사용하지 못해도 강한 것은 틀림없지만 말이다.

눈이 몰려왔다.

신성은 에르소나를 둘러메고 그로라를 다른 손으로 들었다. 지금은 후퇴할 때였다. 신성은 망설임 없이 가파른 경사 밑으로 뛰어내렸다.

거대한 바위가 부서져 나가는 것이 보이자 그 위에 올라탔다. 바위가 마구 구르자 신성의 발이 바빠졌다. 바위에서 박살 난 나무, 그리고 다시 부서진 바위 위로 갈아타며 밑으로 내려갔다.

쿠그그그그그!

뒤에서 냉기가 느껴졌다. 거대한 눈사태도 위협적이었지만 그보다 훨씬 큰 재앙이 다가오고 있었다. 화이트 드래곤이 거대한 날개를 펼치며 신성 쪽으로 날아오고 있었다.

화이트 드래곤이 날개를 펄럭이자 막대한 냉기가 몰아쳤다. 주변의 모든 것이 얼어버리며 얼음이 쏟아져 내렸다.

"브, 블리자드!"

정신을 되찾은 에르소나가 신성에게 매달린 채로 그 압도적인 광경을 눈에 담았다. 화이트 드래곤이 존재하는 것만으로도 고랭크의 마법인 블리자드가 뿜어져 나왔다.

거대한 눈보라가 눈사태를 타고 쏟아져 내렸다.

신성은 마력을 방출하며 필사적으로 달렸다.

"저를 타세요!"

그로라가 야수화를 할 수 있을 정도로 회복되었다. 신성은 고개를 끄덕인 다음 그로라의 팔을 한 손으로 잡았다. 그로라가 눈을 깜빡이며 신성을 바라보았다.

"여기서 변신하면 늦어!"

"자, 잠깐……."

신성은 온 힘을 다해 그로라를 던졌다. 그로라가 엄청난 속도로 앞으로 뻗어 나갔다. 그로라의 비명이 들렸다. 하지만 지금은 그것을 들어줄 상황이 아니었다.

"바로 뒤에까지 왔습니다!"

"뛸 거야! 마력을 방출해!"

신성은 그렇게 외치고는 온 힘을 다해 앞으로 뛰었다. 먼저 앞으로 날아간 그로라의 몸에서 빛이 터져 나오는 것이 보였다. 거대한 늑대로 변신해 눈을 타고 밑으로 미끄러져 내려가고 있었다.

에르소나가 정령을 소환하며 온 힘을 다해 바람을 뒤로 방출했다. 바람의 정령이 내뿜은 바람이 냉기와 닿자 얼어붙어 사라졌다. 그것만으로도 충분히 힘이 되었다. 신성의 몸이 그로라의 위에 정확히 떨어졌다. 에르소나가 굴러떨어지는 것을 그로라가 입으로 잡았다.

그로라는 에르소나가 등 위로 올라온 것을 확인하고는 속도를 내기 시작했다.

눈사태, 눈보라, 그리고 그 위에서 고고하게 떠 있는 화이트 드래곤.

"큰일이군. 쉽게 물러나 주지 않을 것 같아."

"분위기가… 그렇군요."

신성이 말하며 화이트 드래곤을 노려보자 에르소나가 힘겹게 대답했다. 화이트 드래곤은 그야말로 인정사정없는 괴수였다. 화이트 드래곤의 주변으로 모든 냉기가 빨려들어 가는 것이 보였다.

신성은 그것을 보며 표정을 굳혔다. 자신이 쓸 때는 몰랐는데 다른 놈이 쓰는 것을 보니 그 위압감이 장난이 아니었다. 에르소나 역시 불길함을 감지했다.

그녀의 눈동자가 크게 떠졌다.

"저거 혹시……."

"맞아. 브레스야."

둘은 화이트 드래곤을 멍하니 바라보다가 그로라에게로 시선을 돌렸다.

"달려!"

"전속력으로 달려요!"

신성과 에르소나의 다급한 외침에 그로라는 온 힘을 다해 달렸다. 산을 거의 미끄러지듯이 달려 나가고 있었지만 눈보라에 곧 따라잡힐 것 같았다. 눈보라는 어떻게든 버텨낼 수 있었다. 그러나 드래곤 브레스는 버텨낼 수 있는 수준이 아니었다.

휘이이이!

시간이 멈춘 것 같았다. 신성에게 쏟아지는 눈보라와 눈사태도 그 자리에서 멈춰 버렸다. 하늘에서 떨어져 내리는 얼음, 그리고 얼음 폭풍 역시 멈추었다.

신성은 자신의 손을 바라보았다. 손가락 끝에서부터 서리가 맺히더니 얼어가고 있었다.

에르소나 역시 자신의 머리카락 끝이 얼어붙어 부서지는 것을 보았다.

그로라가 내뿜는 거친 입김 역시 땅에 떨어져 버렸다.

모든 것이 얼었다. 시간과 공간마저 동결시킨 냉기는 에이션트 드래곤의 권능이었다.

'빌어먹을 용신······.'

최종 보스답게 얌전히 기다릴 것이지 애써 이런 함정을 파놓고 자신을 괴롭히고 있었다. 매우 아름다운 모습이었지만 신성에게는 악마 그 자체로 보였다.

미끄러져 내려가던 그로라가 다급히 멈추었다. 얼음이 박살 나며 거대한 절벽이 만들어졌다. 반대편까지 점프하기에는 거리가 너무 멀었다.

콰가가가!

공기가 소용돌이쳤다. 화이트 드래곤의 거대한 입이 벌어지며 냉기의 폭풍이 몰려오기 시작했다. 브레스의 위력은 말할 필요가 없었다.

"신호하면 뛰어!"

신성은 마력을 일으키며 화염을 뿜어냈다. 마력이 얼어붙는 것이 느껴졌지만 멈추지 않았다.

[타올라라.]

막대한 의지를 일으키며 용언을 내뱉자 신성의 주변으로 홍염이 뿜어져 나왔다. 그로라는 절벽에서 물러나며 거리를 쟀다.

"지금이야!"

브레스가 지척에 도착한 순간 전속력으로 달려 나가며 점프했다. 홍염이 그로라의 주변을 감싸자 브레스가 덮쳐왔다.

치지지직!

신성은 불이 얼어붙는 광경을 처음 보았다. 홍염 그대로 얼어붙으며 신성의 몸으로 냉기가 스며들었다. 드래곤 하트의 박동이 느려지며 마력이 얼어붙기 시작했다.

[터져라!]

그렇게 외치며 마력을 터뜨렸다. 얼음이 깨져 나가며 그로라의 몸이 로켓처럼 앞으로 뻗어 나갔다. 브레스와 불꽃이 만들어낸 막대한 반발력은 엄청난 속도를 내게 해주었다.

에르소나가 날아가려는 것을 신성이 붙잡고 그로라가 신성의 다리를 입에 물었다.

신음조차 나오지 않는 상황이었다.

신성은 주변이 마구 도는 와중에 간신히 정면을 바라보았다. 거대한 바위가 눈앞에 보였다.

그로라와 에르소나, 그리고 신성은 반대편 절벽 위까지 날아와 얼음으로 변한 바닥을 마구 굴렀다. 그러다가 거대한 바위에 부딪쳤다. 거대한 바위는 스키 점프대 같은 역할을 하며 모두의 몸을 산 밑으로 던져 버렸다.

'호칸이……!'

호칸이 보였다.

호칸에도 눈보라가 닥치고 있었다.

모두가 밑으로 떨어져 내리며 눈에 파묻혔다. 대단한 높이에서 떨어졌지만 브레스에 휩쓸리는 것보다는 나았다.

눈에 처박힌 신성은 공중을 가로지른 브레스를 바라보았

다. 공중에 얼음의 길을 형성하더니 부서지며 얼음 덩어리들이 미사일처럼 떨어졌다.

쿠오오오!

화이트 드래곤은 한 차례 울부짖다가 거대한 날개를 꺾으며 본래 있던 곳으로 돌아갔다. 어비스의 중심으로 향한 것이다. 그곳에서 힘을 더 회복한 후에 드래고니아로 진격해 올 것이 틀림없었다.

'일단 위기는 넘겼네.'

눈에 파묻혀 있던 에르소나와 그로라가 거친 숨을 내쉬었다. 에르소나는 신성의 몸 위에 올라타 있었는데 그것을 눈치채지 못할 정도로 정신이 없었다.

긴 악몽을 꾼 것 같은 표정이다. 그로라의 변신은 이미 풀려 있었다.

"사, 살았군요."

"루나 님을 또 뵙고 왔습니다."

에르소나와 그로라는 살아 있는 것이 믿기지 않는 모양이다. 에르소나가 신성을 발견하고는 화들짝 놀라며 비켜주었다.

신성이 몸을 일으키자 몸에 붙어 있는 얼음들이 떨어졌다.

드래곤 하트의 마력은 브레스의 영향으로 얼어붙어 있었다. 당분간 몸을 녹여야 했지만 그럴 시간을 벌 수 있을지 의

문이다.

화이트 드래곤이 떨어뜨린 얼음에서 몬스터들이 생기는 것이 보였다. 어비스를 물어뜯고 드래고니아로 올 때는 화이트 드래곤 혼자만이 아닐 것이다.

용아병 부대와 맞먹는 것들을 데리고 올 것이 분명했다.

"큰일이군."

드래고니아에 닥친 위기였다.

어쩌면 그 폭발과는 다른 지옥이 펼쳐질 수도 있었다. 만약 드래고니아가 얼어붙고 저 드래곤이 차원의 문을 넘는다면 지구에는 절망적인 빙하기가 올 것이다.

빨리 대책을 세워야 했다.

*   *   *

신성과 에르소나, 그리고 그로라는 호칸으로 돌아왔다. 호칸은 눈에 파묻혀 있었는데 토벌대는 심각한 표정이었다. 눈보라와 함께 사라지는 거대한 드래곤을 모두 목격했기 때문이다.

에르소나는 당장 호칸에서 철수할 것을 명령했다. 모두가 서둘러 드래고니아로 귀환했다. 어비스의 모든 곳이 빙하기가 되었는데 드래고니아는 그나마 영향을 덜 받았다.

그럼에도 불구하고 드래고니아에도 눈이 내리고 있었다.

드래고니아로 오자마자 신성은 바로 중요 인물들을 모두 불러 모았다. 김갑진과 루나, 김수정뿐만 아니라 세이프리, 그리고 다른 대도시에 있던 주요 간부들이 모두 회의에 참석했다. 하루도 되지 않아 모두 모인 것은 신성의 영향력을 알려주는 대목이다.

신성이 용신에 대해 언급하며 설명하자 모두의 표정이 급격히 굳어버렸다. 김갑진은 머리를 감싸 쥐며 한숨을 내쉬었다.

"드래고니아의 문제만이 아닙니다. 이곳이 무너지면 지구는 끝장이겠지요."

김갑진의 말에 모두가 웅성거렸다.

루나는 신성의 손을 잡았다. 그녀의 표정은 결연했다. 드래고니아를 지켜내겠다는 의지가 강렬했다.

"이 땅을 지켜내야 해요. 모두가 조화롭게 살아갈 수 있는 유일한 땅이에요. 저는 끝까지 맞서 싸울 거예요."

루나의 말에 모두가 고개를 끄덕였다. 루나는 희망의 상징하기도 했다. 그녀의 말에 모두의 마음속에 강한 힘이 깃들었다.

그녀는 늘 절망을 이겨낼 빛을 가져왔다.

"차라리 잘된 건지도 모릅니다. 지금이라도 용신의 존재를 파악하지 않았습니까?"

"맞습니다. 용신이 마계의 뒤에 있다는 것을 안 것도 큰 수확이지요."

"언젠가는 닥쳐올 위기였습니다. 미리 알고 대비하는 쪽이 훨씬 낫습니다."

대도시의 간부들도 모처럼 하나가 되었다. 예전과 같은 다툼은 찾아볼 수 없었다.

그들은 애써 긍정적인 발언을 하고 있었다. 루나의 빛이 그들의 그런 마음을 이끌어냈다. 절박한 상황인 것은 변하지 않았지만 말이다.

신성은 최대한 머리를 굴렸다. 사용할 수 있는 모든 것을 사용해 드래고니아를 지킬 생각이다.

용신에게 농락당하는 것은 죽기보다 싫었다. 농락하는 것은 자신이어야 했다. 사악한 계략으로 괴롭히는 것도 자신이어야 했고 고통을 즐기는 것도 자신이어야 했다.

용신이 자신의 역할을 뺏어가게 놔둘 수는 없었다.

그는 악신이었다.

신성의 머릿속에서 수많은 계산이 이루어졌다. 그러다가 가장 가능성이 있는 계획이 떠올랐다.

깊은 생각에 빠져 있던 신성이 고개를 들었다.

"좋아, 해보자."

신성이 입을 떼자 모두가 신성을 바라보았다.

"일단 환경 아이템을 이용해야겠어."

"환경 아이템이라 하시면……."

"으음……."

신성의 말에 모두가 웅성거리다가 다시 신성을 바라보았다. 신성은 정보창을 펼쳐 그들에게 보여주었다.

엘브라스의 랜덤 상자에 대한 정보가 떠올랐다. 랜덤 상자에는 환경 아이템이 들어 있었는데 사막의 기후뿐만 아니라 화산도 포함되어 있었다. 하지만 이것으로 냉기를 막을 수 있을지는 몰라도 화이트 드래곤을 상대로 버티기는 힘들었다.

"환경 아이템 중에는 만능 곡괭이, 그리고 삽이 있어. 이것으로 광산부터 드래고니아 주변까지 거대한 계곡을 만들고, 음, 그것만으로는 한계가 있으니 많은 인력이 동원되어야겠지. 지구의 지원도 받아야 하고."

"그렇군요."

막대한 돈이 들기는 하겠지만 어쩔 수 없었다.

신성의 말에 김갑진이 고개를 끄덕이며 벌떡 일어났다. 신성이 무슨 생각을 하는지 눈치챈 것이다.

"불꽃의 핵을 이용하실 생각이군요. 그렇게 만든 계곡을 따라 불꽃의 핵이 내뿜는 기운을 흘려보낸다면 바리케이드가 만들어지겠지요. 게다가 환경 아이템 중 사막에 관련된 아이템도 있으니 적절하게 배치한다면 좋은 환경에서 싸울 수 있을 것입니다."

"맞아."

"서부 초원을 모조리 날려 버린 불꽃의 핵이라면 화이트 드래곤을 상대로 버틸 수 있을 것입니다. 화이트 드래곤이 드래고니아로 진입한다면 약화시킬 수도 있겠지요. 게다가 우리가 갖는 가장 큰 강점이 있습니다."

"그래, 부활석이 있다는 거지."

김갑진과 신성의 말을 들은 모두가 고개를 끄덕였다.

희망이 보이자 모두의 얼굴이 밝아졌다. 버티는 과정에서 많은 이들이 죽을 것이다. 그러나 드래고니아 안에서 죽는다면 부활할 수 있었다. 루나가 이 자리에 있고 예비로 만들어 놓은 부활석 역시 충분했다.

작전이 세워졌다. 화이트 드래곤은 분명 홀로 오지 않을 것이다. 용아병 같은 대규모 부대를 이끌고 올 것이 분명했다. 어비스의 중심에서 만든 그러한 것들은 분명 대단히 강력할 것이다.

협곡에서 드래고니아로 통하는 길은 하나이니 불꽃의 핵을 이용해 막고 침입한 이들을 격퇴하기로 하였다. 냉기 속성을 지닌 이들이라면 불꽃의 핵에서 녹아버리거나 넘어오더라도 대단히 약해진 상태일 것이다.

신성은 하피 무리와 중형 비공정, 마도 공학에 이르기까지 사용할 수 있는 모든 것을 퍼부을 생각이다.

'내가 홍염룡의 힘을 최대한으로 끌어올릴 때까지 버틸 수만 있다면……'

신성은 불꽃의 핵을 통해 이번에는 드래곤 하트를 과부하 상태로 만들 것이다. 드래고니아로 공급되는 영양분이 급격히 떨어지겠지만 나중에 다시 충전하면 된다.

불꽃의 에너지가 드래곤 하트를 달군다면 어떻게 될지 신성 역시 몰랐다. 다만 일시적으로 화이트 드래곤과 대적할 힘을 가지게 될 것이라고 예상만 할 뿐이다.

'생각해 보면 마냥 위기는 아니야. 나를 골려줄 생각으로 이런 것을 준비했겠지만… 그 의도대로 넘어가 줄 수는 없지.'

위기를 기회로 만들 수도 있었다.

용신 말대로 어쩌면 선물이 될 수도 있었다. 용신이 그런 의도로 준 것은 아니겠지만 말이다.

몬스터 웨이브처럼 대량의 레벨 업을 할 기회였다. 부활석도 충분히 있으니 인명 피해는 신경 쓰지 않아도 되었다.

막아내기만 한다면 엄청난 성장을 할 수 있었다.

'언젠가 나도 너에게 선물을 먹여주지.'

악신으로서 당하고만 있지는 않을 것이다. 빌어먹을 용신이 내지르는 비명을 들으며 통쾌하게 웃어줄 것이다.

"죽어도 죽어도 죽지 않는 아르케디아인들, 그야말로 언데드 작전이 되겠군요."

"아르케디아인들을 지구에서 최대한 많이 데려와야 해. 모두를 성장시킬 기회이야."

"음, 지구 쪽 방송을 통해 대책을 마련해 보겠습니다. 지구의 위기이니 협력할 수밖에 없을 겁니다."

역사상 최대의 공성전이 될 것 같았다.

"좋아요! 모두 힘을 합쳐 이겨봐요!"

루나가 주먹을 불끈 쥐며 외치자 모두가 고개를 끄덕였다.

신성은 그녀를 바라보았다. 용신 때문에 생긴 불쾌한 감정이 싹 사라졌다.

전쟁의 여신이 함께하니 절대 질 리가 없었다.

*   *   *

지구에 위기가 닥쳤다!

그 소문은 방송을 타고 순식간에 전 세계로 뻗어 나갔다. 거대한 몬스터가 지구로 향한다는 방송은 대단한 화제를 불러일으켰다.

화이트 드래곤의 엄청난 모습을 동영상으로 찍은 아르케디아인들이 있었는데 그것이 지구의 방송을 타고 전 세계로 뻗어 나갔다. 인터넷상에도 올라와 있어 며칠 만에 몇 억 건의

조회 수를 기록했고 지금도 신기록 갱신 중이었다.

루나가 직접 나서서 모두를 향해 도움을 요청했다.

루나의 말은 애국심 같은 감정보다 더한, 사람의 심금을 울리는 감정을 이끌어냈다. 모두가 영웅이 될 수 있다고 한 멘트엔 루나의 신비한 힘이 깃들어 있었다. 지구를 위해 싸우고 싶다는 그런 감정이 절로 치솟을 정도였다. SNS에는 지구를 지키자는 멘트가 줄을 이었고, 시민들이 밖으로 나와 평화를 바라는 집회를 하기도 했다.

효과는 확실했다. 벌써 많은 이들이 어비스로 향하고 있었다. 지구 최후의 싸움이 될지도 모르는 결전에 아주 많은 아르케디아인과 아르케디아 주민들이 참가했다.

부활석이 있기 때문에 죽음에 대한 걱정도 없었고 대단한 보상이 있다는 소문까지 감돌자 예상보다 훨씬 많이 몰리고 있었다.

그들뿐만 아니라 도움을 줄 수 있는 무수히 많은 일반인도 어비스로 향했고, 국가와 기업들은 마력 엔진으로 만든 중장비를 모조리 투입했다.

대단히 짧은 시간에 이루어진 일이었다. 그만큼 절대적인 사안이었고 이 일이 무사히 해결되면 떨어지는 콩고물도 상당히 많았으니 선진국들은 지원을 아끼지 않았다.

게다가 루나가 지구의 주신이 되었음을 각 나라의 고위급 인사들은 알고 있었는데, 그랬기에 더더욱 루나에게 잘 보이려 했다.

'저것이 차원의 문······.'

최근에 아르케디아인이 되어 초보자 복장을 하고 있는 김호준도 소식을 듣자마자 바로 지원했다. 그는 신루 아카데미의 입학시험을 통과하여 아르케디아인이 되었는데 아직 레벨이 20에 불과했지만 다행히 그럭저럭 괜찮은 전투 스킬을 익히고 있었다.

차원의 문으로 들어가는 행렬이 줄을 이었다. 고레벨의 인원이 모인 이들을 차원의 문 안으로 안내했다. 잠깐의 어지러움을 느낀 후 눈을 떴을 때, 지구와는 다른 세계가 펼쳐져 있었다.

"아······!"

김호준은 감탄하며 넋을 잃고 바라보았다. 너무나 아름다운 풍경이 그의 마음을 감동으로 물들였다. 이곳에 온 다른 이들도 마찬가지였다. 특히 장비를 들고 온 일반인들은 멍하니 서서 움직일 생각을 하지 않았다.

"빨리빨리 움직이십시오! 아르케디아인들은 중형 비공정으로! 시간이 없으니 중형 비공정에서 임무 분담을 할 것입니다!"

거대한 체구를 지닌 호인족이 외치자 정신을 차린 이들이 서둘러 중형 비공정에 탔다. 차원의 문 앞에는 많은 중형 비공정이 착륙해 있었는데 그야말로 장관이었다.

김호준은 잔뜩 긴장하며 비공정에 올랐다. 전선으로 가는 것이 드디어 실감이 났기 때문이다. 넓은 비공정의 홀 안에서 갑옷을 입은 기사들과 로브를 두른 마법사들이 여기 모인 이들의 정보창을 살펴보고 인원을 배치했다.

"김호준 씨!"

"네!"

"딜러이면서 보조 탱커의 스킬도 지녔군요. 레벨이 낮으니 일단 작업장에서 경험치를 쌓은 후에 전선에 배치될 겁니다."

"어, 언제쯤 전투가 발생할까요?"

"예측할 수는 없지만 조만간 일어날 것 같습니다. 자, A—1 구역으로 가세요."

김호준의 정보창에 '딜러'라는 글자와 함께 마크가 떠올랐다. 검은 해골이 그려진 부대 마크였다. A 구역으로 향하자 엘프가 수북하게 쌓인 상자를 나눠 주고 있었다.

"보급품 받으세요!"

엘프의 아름다운 모습에 김호준은 잠시 멈칫하다가 보급품을 받았다. 보급품 상자 안에는 직업 무기를 포함한 제법 좋은 방어구들이 들어 있었다. 초보자 복장과는 비교도 할 수 없었다.

A—1 구역에 도착하자 아르케디아인들이 서 있다. 김호준이 A—1 구역의 마지막 배치 인원이었다.

"반갑다. 내가 데드스컬 제3중대를 담당하는 중대장이다. 이곳까지 오느라 수고가 많았다."

그녀의 말이 시작될 때 중형 비공정이 날아올랐다. 그녀는 다크엘프였다. 건강해 보이는 갈색 피부가 매력적이었다. 그러나 이곳에 있는 이들은 누구도 그녀를 깔보지 않았다. 레벨 차이에서 나오는 느껴지는 압박감이 대단했다.

데드스컬 부대는 레벨 50 이하의 초보자들로 구성되어 있었는데, 전선에 투입되기에는 너무 레벨이 낮았기에 노동을 통한 대규모 레벨 업 계획에 참여해야 했다.

"맨 앞줄에 있는 이들이 분대장을 맡는다. 분대장이라고 해 봤자 스텟을 보고 뽑은 애송이지만 말이다. 각 분대는 한 몸처럼 움직일 것이며 대열을 이탈하거나 반항을 한다면… 감당할 수 없는 일이 벌어질 것이다."

에이나의 말에 모두가 흠칫했다.

"너희는 지금부터 폭업 계곡 작전에 투입되며 작전이 완료되면 바로 최전선에 배치될 것이다. 질문 있나?"

"없습니다!"

군기가 바짝 든 모습에 에이나는 만족했다. 그녀는 실제로 대형 몬스터 레이드를 직접 경험해 본 몇 안 되는 인재였다.

살기까지 띠고 있는 그녀의 눈빛을 받아 낼 수 있는 초보자는 없었다.

"그럼 도착할 때까지 쉬도록."

에이나가 A-1 구역에서 사라지자 모두가 참고 있던 숨을 내쉬었다. 김호준은 군대를 다녀온 터라 익숙했다. 하지만 그렇지 못한 아르케디아인도 많았다. 초보자는 대부분 인간에서 아르케디아인이 된 이들이었는데 국적이 다양했다.

"아무튼 잘해보죠. 김호준입니다."

"아, 네. 저는 케이시라고 불러주세요."

힐러 복장을 한 케이시는 묘인족 여성이었다. 다른 이들과는 다르게 긴장한 기색이 없고 상기된 표정이었다. 김호준이 궁금해서 물어보니 그녀가 활짝 웃으며 입을 떼었다.

"전선에 가면 수호룡님을 실물로 뵐 수 있을지도 모르잖아요? 이런 기회를 놓칠 수 없죠."

"그, 그런가요?"

"네. 그래서 전 재산을 탈탈 털어 고성능 팔찌도 구해왔어요."

케이시는 눈을 반짝였다. 긴장된 분위기가 많이 풀어졌다. 이곳에 모인 아르케디아인들 사이에 분대장을 제외하고는 계급이 존재하지 않았다. 분대장도 방금 임명된 것에 지나지 않아 모두 좋은 분위기 속에서 이런저런 대화를 나누었다.

어느 정도 시간이 지났을까?

에이나가 모습을 드러냈다. 모두가 하던 일을 멈추고 에이나를 바라보았다.

"작전 지역 상공에 도착했다! 지금부터 강하할 예정이니 짐을 모두 인벤토리에 넣도록!"

"가, 강하?"

"무슨 뜻이지?"

에이나의 말에 모두가 당황했다.

그때였다.

[경고! 경고! 강하 30초 전!]

중형 비공정에 방송이 나왔다. 방송이 나오자마자 A―1 구역의 바닥이 갈라지기 시작했다. 모두가 화들짝 놀라며 옆으로 피했다.

갈라진 바닥으로 대지가 보였다. 엄청나게 높은 높이였다. 이곳에서 뛰어내렸다가는 죽음을 맞이할 것이 뻔했다. 게다가 낙하산조차 없었다.

김호준이 에이나를 바라보았다.

"서, 설마 뛰, 뛰어내립니까?"

"그렇다!"

에이나가 갈라진 바닥의 끝에 섰다. 모두가 그 모습을 보고 주춤거렸다. 절로 오금이 저리는 장면이다.

"차, 착륙은 안 합니까?"

"착륙했다 가기에는 비공정의 마력이 부족해. 비공정은 출발지로 되돌아가서 마력 보충 후 바로 병력을 호송해야 한다."

에이나가 모두를 바라보았다.

"뛰도록."

그러나 뛰어내리는 자는 없었다. 예상한 결과였다. 그러나 에이나는 그들을 닦달하지 않았다. 어차피 모두 저 밑으로 떨어질 테니 말이다.

[완전 개방 완료! 즐거운 여행이 되십시오!]

바닥이 완전히 열려 버렸다. 그 위에 서 있던 모두가 밑으로 떨어져 내렸다. 무언가 준비할 사이도 없이 떨어져 내리자 모두가 비명을 지르며 공중에서 버둥거렸다.

김호준은 멀어져 가는 중형 비공정들을 볼 수 있었다. 중형 비공정에서는 무수히 많은 인원이 쏟아져 나와 바닥으로 떨어져 내리고 있었다. 그 모습은 장관이었지만 그것을 바라볼 정신은 없었다.

"으, 으아아악!"

김호준이 비명을 질렀다. 부활석이 있다고는 하지만 죽음의 고통이 무척이나 두려웠다. 그렇게 밑으로 추락하고 있을 때 저 멀리 검은 점 같은 것들이 보였다. 검은 점들이 순식간에 확대되어 떨어져 내리는 이들을 향해 쏟아져 왔다.

휘익!

김호준의 몸을 잡아채는 존재가 보였다.

"처, 천사?"

아름다운 여인의 몸과 날개를 지닌 존재가 그를 낚아챈 것이다.

"꺄아아악!"

"꺄악!"

그러나 그녀들의 입에서는 소름 끼치는 울부짖음이 터져 나왔다.

그녀들은 하피였다. 하피들이 드래고니아 상공을 날아다니며 중형 비공정에서 떨어지는 아르케디아인들을 바닥에 착륙시켰다.

김호준 역시 거칠게 바닥에 내동댕이쳐졌다.

[강하 성공!]
[강하에 성공하여 경험치를 얻습니다!]
[LEVEL UP!]

레벨이 올랐지만 모두의 안색이 창백했다. 착륙하자마자 구토를 하는 이들도 있었다.

"자! 빨리 움직여라! 모두 작업 도구 들고 뛰어!"

김호준은 에이나의 명령에 허겁지겁 뛰었다. 바닥에 깔린 작업 도구를 들고 많은 이들이 모여 있는 공사판으로 향했다. 그곳에는 오우거뿐만 아니라 각종 몬스터들이 모여서 거대한 계곡을 파고 있었다.

일반인들이 장비를 몰고 있고 아르케디아인들은 땀을 흘리며 공사에 열중했다. 굉장히 힘든 노동이었지만 이상하게도 그들의 표정은 무척이나 밝았다.

레벨 70이 넘는 이들도 이곳에서 노동을 하고 있었다.

"각 직급 대장들을 제외한 레벨 80 이상은 후방으로 빠진다!"

하이엘프가 외치자 레벨 80 이상 되는 이들이 아쉬운 표정으로 작업 도구를 내려놓고 밖으로 나갔다. 김호준은 왜 저들이 저렇게 아쉬워하는지 이해할 수 없었다.

[작업 부대에 가입되었습니다.]

[노동의 신이 함께하여 작업 효율 및 획득 경험치가 상승합니다.]

[노동의 신이 함께하여 노동의 대가로 스킬 포인트를 받습니다.]

*버프 : 경험치 120%

*작업량에 따른 스킬 포인트

팔찌 위로 창이 떠올랐다.

김호준은 에이나의 명령에 따라 작업했다. 작업을 할수록 경험치가 쌓였지만 그리 많지는 않았다. 삽질과 곡괭이질을 계속했다. 그러다가 모두가 환호를 내지르는 것을 보고는 에이나의 중대원들이 고개를 들었다. 김호준과 작업하며 친해진 케이시 역시 마찬가지로 환호하는 자들을 바라보았다.

"무슨 일일까요? 혹시 수호룡님이 방문을?"

"그건 아닌 것 같은데요."

작업 부대는 노동의 신 김갑진의 영역이었다. 그는 노동자들 사이에서 선풍적인 인기를 누리고 있었다.

"작업 중지! 뒤로 물러나라!"

에이나의 명령이 떨어지자 중대원 모두가 작업 현장에서 벗어났다.

다른 부대의 아르케디아인들은 일찌감치 물러나 있었다.

그들은 인벤토리에서 맥주를 꺼내며 느긋하게 즐기고 있었는데 이런 상황에 익숙한 모양이다.

서로 웃으며 곧 다가올 무언가를 기다리고 있었다.

[노동의 신이 랜덤 박스에서 만능의 황금삽을 획득하였습니다.]
[노동의 신이 작업장에 만능의 황금삽을 배치하였습니다.]
[작업이 시작됩니다!]

"왔다!"
"오! 이번엔 황금삽이야!"
"대박!"
그런 문구가 팔찌에 떠오르자 모두의 환호가 더욱 커졌다. 이곳에 처음인 에이나의 중대원들만이 머리에 물음표를 띄우고 그것을 바라볼 뿐이다.

허공에서 거대한 황금의 삽이 나타났다. 중형 비공정만 한 크기였는데 그 존재감이 엄청났다. 에이나의 중대원들은 모두 넋을 잃었다. 찬란한 황금삽이 세워지더니 작업장으로 향했다.

휘이익! 콰앙!
황금삽이 미사일처럼 바닥에 꽂혔다. 지진이 일어나며 주변이 흔들렸다. 그 모습에 주변의 모두가 환호하며 노래를 부르고 아주 난리가 났다.

콰가가가가!

황금삽이 대지를 갈랐다. 마치 홍해가 갈라지는 것처럼 대지가 갈라지고 막대한 먼지구름이 피어올랐다.

[작업 경험치를 획득하였습니다!]
[스킬 포인트를 획득하였습니다!]

[LEVEL UP!]
[LEVEL UP!]
[LEVEL UP!]

김호준은 그제야 이들이 왜 환호하는지 이해가 되었다. 황금의 삽은 엄청난 작업량으로 모두에게 막대한 경험치를 부여해 주고 있었다.

에이나의 중대원들은 입을 떡하니 벌리고 멍하니 그 광경을 바라보았다.

"노, 노동의 신……."

김호준의 마음속에서 노동의 신에 대한 신앙심이 싹트고 있었다.

"다시 작업을 시작한다!"

"우오오오!"

모두가 삽과 곡괭이를 들고 돌격했다.

*　　　*　　　*

화이트 드래곤이 어비스의 중심으로 향한 후, 아직은 기온의 변화만 있을 뿐이지 잠잠했다.

깨어날 때 꽤나 큰 힘을 썼으니 지금은 힘을 축적하고 있을 것이다. 시체는 시체였다. 용신의 권능이 깃들어 있다고는 하나 살아 있는 드래곤 하트에 비할 바는 아니었다.

신성은 뽑기와 공사의 전권을 김갑진에게 위임했다. 김갑진은 노동의 신이었으니 그가 작업을 맡는 것이 가장 좋은 방법이었다. 이러한 작업으로 올릴 수 있는 경험치는 한계가 있기는 하지만 초보자들의 레벨을 그럭저럭 쓸 만한 정도까지는 올려줄 것이다.

그 후 초보자들은 병과에 따라 에르소나가 지휘하는 전투 부대, 사르키오가 책임지는 비공정 및 마법 부대, 그리고 루나의 지휘를 받는 돌격 부대에서 전투 경험을 쌓으며 실전에 투입될 예정이다.

릴리스는 폭파 부대에서 독창적인 임무를 부여 받았다.

'불꽃 폭탄도 완성되고 있으니 조금만 더 시간이 주어진다면 좋겠는데.'

마도 공학의 기술력과 모든 재료를 총동원해서 비공정에서 쓸 폭탄을 만들고 있었다. 불꽃의 핵에서 뽑아낸 속성석이 들어가 있기에 폭발력은 대단했다.

　그만큼 돈이 급격히 줄어들고 있기는 하지만 세이프리와 대도시, 그리고 지구의 지원이 있어서 충당이 가능했다.

　신성은 현재 불꽃의 핵이 내뿜는 마그마에 몸을 담그고 있었다. 얼어붙은 드래곤 하트가 회복되었고 조금씩 거대한 에너지가 깃들기 시작했다.

　"와! 몸이 깨끗해졌어!"

　"기분이 좋네요."

　"후후후! 이것으로 그 녀석도 나에게 꼼짝하지 못할 것이다!"

　"과연 어떨지 모르겠습니다."

　"확실히 배신, 아니, 갑진 님이 그 정도로 넘어가지는 않을 것 같군요."

　늦은 밤이 되자 루나, 김수정, 릴리스, 그리고 그로라와 에르소나가 신성이 있는 곳으로 왔다. 속도 위주로 개량된 소형 비공정을 타고 와도 꽤 시간이 걸렸지만, 며칠에 한 번은 꼭 모였다.

　신성이 홍염룡의 권능과 용언으로 보호해 줘서 마그마 안으로 들어올 수 있었는데 그들은 아예 온천욕처럼 그것을 즐기기 시작했다.

강력한 추위와 싸워야 하니 이곳에 몸을 담가 냉기에 대한 저항력을 기르는 것이 주 목적이기는 했다. 그녀들이 저항력을 얻게 되면 지휘관의 버프 효과로 휘하 병력에게 저항력을 올려줄 수 있었다.

부가적인 효과도 있었는데 몸에 붙은 모든 오염물이 타버리고 불꽃의 핵이 지닌 영양분이 몸에 깃드니 피부에 윤기가 잘잘 흘렀다.

적당한 칸막이로 가려져 있기는 했지만 모두 신성의 옆에 있었다. 루나와 김수정, 릴리스는 신성 앞에서 알몸으로 돌아다녀도 상관없다는 눈치였고, 에르소나와 그로라만이 구석에서 조용히 있을 뿐이다. 에르소나는 신성의 목소리가 들려올 때마다 흠칫했다.

아무튼 잘 녹지 않는 보석으로 쳐놓은 칸막이에 릴리스가 매달렸다. 콧노래를 부르며 신성을 바라보았다.

신성은 본체 상태로 불꽃의 핵 옆에 몸을 담그고 있었다.

"오! 악신이여! 다시 봐도 역시 거대하구나!"

[김갑진 앞에서는 조신한 척하더니 그게 뭐냐? 그럴 거면 그 녀석 앞에서 보여주지그래? 곧 올 것 같은데.]

"…생각해 보니 좀 부끄럽다!"

릴리스가 마그마 밑으로 침몰했다. 신성은 눈을 감고 불꽃의 핵을 전신으로 받아들였다. 비늘과 뼈, 그리고 드래곤 하트에 천천히 스며들고 있어 꽤 시간이 걸릴 것 같았다.

거대한 전투를 앞두고 있기는 하지만 이런 분위기도 나쁘지 않았다.

'조금만 더 늦게 쳐들어오면 좋겠는데……'

하지만 꼭 이런 경우에는 일이 벌어지곤 했다.

*　　　*　　　*

아르케넷에서 최고의 인기를 자랑하는 방송인 피나는 묘인족 여인이었다. 다양한 방송을 하기 위해 레벨도 착실히 올려 100대 후반이었다. 최전선에서 활약하기에는 부족한 레벨이지만 현장에 접근하여 유료 방송을 하기에는 충분한 레벨이었다.

스킬도 모조리 회피와 관련된 것이었고 스텟 역시 민첩과 내구에 집중적으로 투자했다.

그녀는 희귀 던전이나 규모가 큰 레이드에도 참여하여 생생한 현장감을 전달하는 최고의 인기 방송인이 될 수 있었다.

그녀는 이번 대규모 수비전에 방송권을 부여받았다. 요즘 지구인들 사이에서 인기를 누리고 있는 노동의 신 김갑진이 손을 써주었는데 마도 공학 기술을 통해 아르케넷뿐만 아니라 지구의 인터넷에서도 중계할 수 있게 되었다. 차원의 문을 거쳐야 해서 딜레이 시간이 있기는 했지만 크게 신경 쓰이는 정도는 아니었다.

물론 김갑진이 그녀를 지원해 주는 것에는 많은 의도가 깔려 있었다. 그래서 그녀는 신경 쓸 게 하나도 필요하지 않았다.

그녀는 소형 비공정을 타고 협곡의 상공에 있었다. 소형 비공정은 정찰대로 운용되고 있었고 하피들이 비공정을 호위하고 있었다. 그녀는 정찰대원 사이에 섞여 현장의 상황을 방송했다.

최전선이니만큼 상당히 위험했지만 부활석 때문에 죽음의 위험은 없었다. 죽음의 고통은 꽤 심하겠지만 그녀는 천생 아르케디아인이었다. 고통 따위는 두렵지 않았다. 그리고 그것은 정찰대원 모두에게 마찬가지였다.

에르소나의 특별 교육을 모두 수료한 정예들이다.

"여러분, 보이십니까? 여기가 바로 드래고니아의 경계선입니다! 마치 세상이 둘로 갈라져 있는 것 같은 풍경입니다!"

피나가 창밖을 가리키며 말했다. 정령 뽑기로 뽑은 상급 정령과 모험가 팔찌를 연결하여 자유로운 각도에서 촬영할 수 있었는데, 정령은 창문을 통과해 협곡의 상황을 자세히 보여 주었다.

협곡을 가운데에 두고 두 세계가 공존했다. 눈보라가 몰아

치며 하얗게 물든 세계와 거대한 선인장이 듬성듬성 자라 있
는 사막이 있었다.

사막은 드래고니아 쪽이었고 흰 세계는 드래고니아와 외부
의 경계선이었다. 환경 아이템을 최대한 배치하여 사막기후를
만든 것이다. 사막 뒤에는 거대한 협곡이 파여 있었는데 현재
공사 마무리 단계였다.

[후원자]김론 : 헐, 겨울 왕국임?

[데스스컬 분대장]오란 : 저기 개멋짐. 전에 나갔다 왔는데 뒈질 뻔. ㅋㅋ.

[후방지원부대]로니 : 나는 폭탄 옮기는 중. ㄷㄷㄷ. 이거 폭발력 만땅이
라 벌써 몇 개 터짐. ㅋㅋㅋ. 살려주셈.

아르케디아인들의 반응도 재밌었지만 지구인들의 반응은
더 재밌었다.

미튜브에서 지원하는 실시간 중계 프로그램으로 실시간 반
응을 볼 수 있었다.

kood22 : 미친, 저게 뭐야?

dkssyd93 : 영화보다 더 영화 같은 현실. 우리 님들 어떡함?

lovv22 : 망했네. 종말임. 외계인 침공이 차라리 양반이겠네.

분위기는 상반되어 있었다. 아르케디아인들 쪽은 대단히 가벼운 반응을 보였지만 지구 쪽은 대부분 공포에 빠졌다.

피나는 급격히 올라가는 채팅방을 바라보며 흐뭇한 미소를 지었다. 돈도 돈이지만 이런 실시간 반응이 그녀의 기분을 제일 좋게 만들었다.

채팅창은 그녀의 눈앞에 띄워져 있어 지속적인 모니터링이 가능했다. 그 때문에 즉각적인 피드백에 신속하게 반응할 수 있었는데 그것은 그녀가 인기 방송인이 될 수 있는 비결 중 하나였다.

"저건……?"

피나의 옆에 있던 엘프가 협곡의 밖을 바라보다가 급히 이동했다. 그는 소형 비공정 12기를 총괄하는 중대장이었다. 중대장이기는 하지만 부대원들을 자유롭게 풀어주어 엄격한 상하 관계는 없었다.

에르소나는 각 직급 대장들의 권한을 보장해 주었는데 그것이 좋은 효과를 발휘하고 있었다.

피나는 중대장을 촬영하며 그에게 다가갔다. 소형 비공정에 장착된 커다란 망원경을 들여다본 중대장의 표정이 급격하게 굳었다.

"누, 눈보라가 다가온다! 본부에 알려! 지금 당장 모두 후퇴한다!"

중대장의 말이 떨어지자 급히 본부에 알렸다. 드래고니아 쪽에서 비상 사이렌 소리가 들려왔다.

두드드드드!

비공정이 흔들렸다. 협곡을 덮치는 눈보라는 거대한 해일이었다. 지상에서부터 비공정이 떠 있는 상공까지, 그리고 협곡 대부분을 가득 채우며 밀려오고 있었다.

여러 경험을 한 피나도 잠시 넋을 잃었다.

fasf22 : 도망쳐요!

loow : 헐, 미친.

경악과 함께 그녀를 걱정하는 글들이 올라오자 피나는 정신을 차렸다. 상공에 떠 있는 비공정들이 방향을 돌리며 드래고니아 쪽으로 후퇴했다. 눈보라에 말려든 하피들이 사라지는 것이 보였다.

비공정을 조종하고 있는 마법사는 허겁지겁 조종륜을 돌렸다.

콰앙!

밀려오는 강풍에 비공정이 급격히 흔들렸고, 얼음 조각이 창문과 벽을 깨뜨려 버렸다.

피나는 빨리 벽을 붙잡아 버티고 섰다. 바닥을 구르던 정찰대원 하나가 간신히 파손된 벽을 붙잡았다.

"으, 으아! 나, 나 먼저 죽을 것 같은데!"

"버텨!"

"중대장님, 미안! 나 먼저 간다! 으아아악!"

"저런 멍청이가!"

중대장이 외쳤지만 정찰대원의 손은 미끄러지고 말았고, 그렇게 정찰대원 하나가 밖으로 빨려 나가며 사라졌다.

"젠장! 조종수! 최대 속력으로 벗어나!"

"하고 있어요! 미친! 바람이 너무 강해! 마력 엔진 출력이 떨어지고 있습니다! 얼어붙었나 봐요!"

"제가 해결할게요! 문을 열어줘요!"

검은 로브를 입은 다크엘프가 일어나더니 열린 문 앞에 섰다. 그녀는 얼어붙기 시작한 마력 엔진을 바라보다가 그대로 나이프를 들고 벽에 매달려 한쪽 손으로 나이프를 찔러 넣으며 엔진 쪽으로 다가갔다.

그녀는 중대장과 연인 관계로 발전한 정찰대원이었다.

마력 엔진 앞에 선 다크엘프는 표정을 굳히더니 검은 화염을 뿜어내며 잠시 고개를 돌려 중대장을 바라보았다.

"먼저 갈게요."

그렇게 말하며 검은 화염에 온몸을 불살랐다. 마력 엔진에 빨려들어 가며 마력 엔진의 출력이 높아지기 시작했다. 중대장의 안색이 좋지 않았다.

피나는 그 모든 것을 담아내고 있었다.

"속도를 올려!"

"이, 이미 최대 속력입니다!"

중대장의 말에 조종수가 답했다. 눈보라 속에서 거대한 존재감이 느껴졌다.

크라라라!

무언가 폭발하는 소리가 들리더니 얼음 폭풍이 후퇴하고 있는 비공정들을 향해 날아왔다. 비공정들이 폭발하며 추락했다. 12기 중 5기가 얼음 폭풍에 휘말려 사라졌다.

협곡 건너편이 보였다. 사막기후로 인해 눈보라의 진입 속도가 느렸지만 멈추게 할 수준은 아니었다.

"바리케이드가 작동됩니다!"

"작동되기 전에 들어가야 해!"

불꽃의 핵이 가동하고 있었다. 저 멀리서부터 엄청난 열기를 내뿜는 불기둥이 치솟고 있었다.

비공정의 속도를 보니 아슬아슬하게 진입할 수 있을 것 같았다. 중대장이 그런 생각을 하며 안도의 한숨을 내쉴 때였다.

"저길 보세요! 몬스터들이… 이미……!"

"눈보라는 눈속임이었나?"

협곡에서 드래고니아로 통하는 길에는 얼음 골렘을 포함한 무수히 많은 몬스터가 득실거리고 있었다. 드래고니아로 통하는 유일한 길인데 통로를 좁히는 작업을 진행하는 중이다.

중대장은 통로와 불기둥을 번갈아 보았다. 바리케이드가 완성되기 전에 대규모의 병력이 밀어닥칠 것 같았다.

"타이밍이 기가 막히는군."

몇 시간만 기다리면 수비 작전이 완성되는데 놈들은 기가 막힌 타이밍에 공격해 왔다. 약체화되지 않은 몬스터가 진입한다면 방어선이 붕괴될 우려가 있었다. 부활석이 있는 곳까지 밀려 버리면 전선을 후퇴해야 하는 상황에 놓일 수도 있었다.

쿠오오오!

비공정을 흔드는 울부짖음이 들려왔다. 천둥과도 같은 소리는 본능적인 두려움을 끌어내기에 충분했다. 중대장은 이를 악물고 밑을 바라보다가 정찰대원들을 바라보았다.

"상부에서 시간을 벌어달라고 합니다!"

중대장은 고개를 끄덕였다.

"…폭격한다. 그게 우리의 역할이기도 하니 말이야."

그 말이 떨어지자 모두가 조용해졌다. 폭격을 진행하면 바리케이드 안으로 들어갈 수 없었다. 잠시 침묵이 생겼다가 모두 고개를 끄덕였다.

"아, 맞다. 정찰대이긴 해도 본래 소속은 폭파 부대였죠?"

"뭐, 한 번 죽죠."

"비공정이 터지는 게 아까운데. 정이 들어서……."

정찰대원들은 표정이 굳기는 했지만 가볍게 웃으며 대답했다.

"각 비공정에 알려!"

"알았어요!"

조종수는 한숨을 내쉬고는 조종륜을 틀었다. 바리케이드 쪽으로 향하던 비공정도 모두 중대장이 타고 있는 비공정을 따라왔다.

중대장은 피나를 바라보았다.

"미안하군. 설마 일이 이렇게 될 줄은 몰랐어."

"아, 아니에요. 죽는 건 각오한 일이에요. 저도 도울게요."

피나는 정찰대원들을 도와 폭탄을 옮겼다. 급박한 상황이 피부로 느껴졌다. 통로의 상공에 이르자 폭탄을 투하할 것을 명령했다.

비공정들이 일제히 폭탄을 투하했다. 네모난 상자를 닮은 폭탄이 통로 위에 떨어지자 모두가 귀를 막았지만 예상한 폭발은 일어나지 않았다.

비공정이 얼어붙고 있었다.

중대장은 눈보라 쪽을 바라보았다.

"맙소사!"

"화, 화이트 드래곤!"

눈보라를 뚫고 나온 거대한 화이트 드래곤이 보였다. 화이트 드래곤이 나타나자 주변이 모두 얼어붙어 버렸다. 폭탄도 얼어붙어 점화되지 않았다.

비공정도 얼어붙어 가고 있었다.

"중대장님, 비공정의 마력을 모아서 터뜨리는 것은 어떻습니까? 안에서 직접 터뜨리면 마력이 얼어붙기 전에 점화가 가능할 것 같습니다!"

조종수의 말에 중대장은 고개를 끄덕였다. 피나도 돌아가는 상황을 이해했다. 채팅창은 난리였다. 피나를 걱정하는 이들부터 희생을 찬양하는 이들까지 다양했다.

조종수가 비공정을 아래로 몰고 갔다. 거의 수직으로 통로를 향해 꽂혀 내려가고 있다.

다른 비공정들도 합류했다.

모두 벽을 잡고 버티고 있다가 보유하고 있는 마력을 터뜨렸다. 마력 엔진이 팽창하기 시작하더니 거대한 화염에 휩싸였다.

콰아아앙!

통로에 놓인 폭탄과 함께 비공정이 폭발하며 주변을 휩쓸었다. 진격하던 몬스터들이 밀려나며 휘청거렸다. 폭발에 휩싸여 많은 몬스터들이 죽음을 맞이했다.

비공정이 폭발하고 통로에 불이 붙자 몬스터들의 진격이 느려졌다.

화르르륵!

아슬아슬하게 바리케이드가 완성되자 몬스터들이 진격을 멈추었다.

죽음.

처음에는 무척이나 평온한 감정이 들었다. 지구를 떠나 루나의 품으로 돌아가면 다시는 깨어나고 싶지 않은 강한 충동에 휩싸이게 되었다.

그러다가 아래로 끌려 내려오는 감각이 드는 순간 정신을 차릴 수밖에 없었다.

"으윽!"

피나는 신음을 흘리며 자신의 손을 바라보았다. 던전에서 몇 번 죽음을 경험했지만 죽음은 늘 기분이 좋지 않았다. 육체를 떠나는 기분은 상쾌했지만 그것은 잠시뿐이었다. 다시 육체가 재구성되는 느낌은 대단히 섬뜩했다.

먼저 죽은 정찰대원을 포함한 모든 대원이 부활석 앞으로 모여 있었다.

중대장의 모습도 보였다.

저 멀리 찬란한 미스릴 갑옷을 입고 있는 에르소나가 보인다.

"저기 에르소나 님이 계십니다! 그쪽으로 가보겠습니다!"

피나는 그녀를 중심으로 촬영하기 시작했다.

에르소나는 바리케이드, 즉 불꽃의 핵이 만든 불꽃의 벽을 바라보고 있었다. 불꽃의 벽이 흔들렸다. 불꽃의 벽 너머로 거대한 화이트 드래곤의 존재감이 느껴졌다. 불꽃이 약해졌다가 다시 타오르기를 반복했다.

다행히 불꽃의 벽이 화이트 드래곤의 냉기를 막아주고 있었다.

피나는 빠르게 달려 에르소나가 있는 곳으로 향했다.

"오, 못 보던 녀석이로구나!"

"누, 누구? 꺄악!"

"아! 네가 그 방송인이었군. 오, 이게 그 채팅창인가?"

머리에 뿔이 인상적인 미녀가 피나의 몸을 더듬으며 말했다. 그녀는 릴리스였다. 정찰대원이 전멸했다는 소식에 날아왔는데 호기심을 자극하는 묘인족이 있어 방향을 꺾어 날아온 것이다.

"좋아, 내가 데려다주지!"

릴리스가 피나를 들고 순식간에 에르소나가 있는 곳으로 날아갔다. 시야가 훅훅 바뀌더니 에르소나의 옆으로 이동되었다.

에르소나는 심각한 표정으로 불의 벽을 바라보고 있었다. 불의 벽은 대단히 높은 곳까지 치솟아 있었는데 드래고니아의 환경을 극도의 더위로 물들이고 있었다.

거대한 굉음과 함께 불의 벽이 흔들렸다. 그러자 그 틈을 타고 몬스터들이 밀려들어 왔다.

엄청난 수의 몬스터들이 밀려오고 있었다. 피나는 빠르게 정보창을 띄웠다.

400Lv→250Lv(약체화)

[B+]아이스 골렘(정예)(중형)

화이트 드래곤이 만들어낸 몬스터. 어비스의 중심에 있는 재료를 이용해 만들었다. 때문에 어비스의 중심은 화이트 드래곤으로 인해 초토화된 상태이다. 주변 환경으로 인해 약체화된 상태이며 내구력이 많이 감소했으나 여전히 위력적인 공격력을 지니고 있다.

거대한 아이스 골렘들이 몰려오는 광경은 전율 그 자체였다. 수십만을 넘을 것 같은 아이스 골렘이 거대한 진동을 만들어내며 몰려오고 있었다.

"수호룡님이 나올 때까지 막는다! 부활석을 최대한 보호해! 망설이지 마라! 작전대로 간다!"

"우아아아!"

"돌격! 돌격!"

에르소나의 명령이 떨어지는 순간 모두가 돌격했다.

부활석은 가까이에 배치되어 있었다. 죽으면 바로 부활해서 또다시 전선에 합류할 수 있게 해놓은 것이다. 골렘들의 숫자를 넘어서는 아르케디아인, 드래고니아의 주민들이 일제히 진격했다.

에르소나 역시 검을 빼들고 달려들었다. 릴리스는 뇌전을 뿜어내며 전장을 휩쓸렸다.

콰가가!

몰려드는 아르케디아인들을 향해 아이스 골렘의 거대한 주먹이 덮쳐왔다. 몇몇 아르케디아인이 그대로 죽어버렸지만 끈질기게 달라붙어 무기를 쑤셔 넣었다.

그 위로 마법과 화살이 쏟아져 내렸다.

콰가가가!

죽음에서 부활한 아르케디아인들이 또다시 달려들었다. 골렘이 위력적인 모습을 보이고 있지만 방어 라인은 전혀 밀리지 않았다. 아르케디아인들은 약화된 골렘보다 평균 레벨이 낮았지만 죽어도 죽어도 계속 부활했다.

목적은 시간을 버티는 것이었다. 언데드 작전의 목적은 오로지 그것뿐이었다.

"차, 참혹한 현장입니다!"

피나는 아이스 골렘들 사이를 오가며 전투 현장을 생중계했다. 아르케디아인들이 연기가 되어 사라지는 모습은 공포를 느끼게 해주었다.

"샤이닝 킥! 샤이닝 펀치!"

"루나 님을 호위하라!"

"빨리 움직여!"

피나의 앞을 빠르게 지나가는 무리가 보였다. 환한 빛을 내뿜고 있는 전쟁의 여신들과 그의 신도들이었다.

릴리스와 김수정이 루나 쪽에 합류하며 화려하게 골렘들을 처리하기 시작했다.

뿌우우우!

하늘에서 울리는 소리에 피나는 하늘을 바라보았다.

"저, 저기 중형 비공정 부대입니다! 어, 엄청난 광경입니다!"

수많은 하피와 함께 몰려온 중형 비공정들이 보였다. 하늘을 가득 메운 하피는 중형 비공정을 호위하듯이 날아다니고 있었다.

"공중 지원이 왔다! 밀어!"

"밀어붙여! 몸으로 막아!"

아르케디아인들과 드래고니아의 주민들이 골렘들의 공세를

몸으로 버텨냈다. 그 순간 중형 비공정의 바닥이 열리며 검은 상자들이 떨어지기 시작했다. 하피들은 검은 상자를 낚아채고는 빠르게 낙하하며 골렘들 사이에 꽂혔다.

콰가가가가가!

거대한 폭발이 골렘들을 덮쳤다. 수많은 골렘이 그 자리에서 녹아버려 경험치가 되었다. 부활석에서 살아난 아르케디아인들은 치솟는 레벨에 의욕이 활활 넘치고 있었다. 죽음조차 레벨 업 본능을 막을 수는 없었다.

"좋아! 다시 한번 더 간다!"

"이번엔 좀 더 버티자고! 순위권 안에 들면 미스릴 무기를 준다더라!"

전투는 치열했다. 계속해서 몰려오는 군세와의 전투는 반나절이 넘게 계속되었지만 루나의 신성력 덕분에 모두 지치지 않았다. 마치 언데드 그 자체가 된 것 같은 느낌이었다.

오랜 전투 끝에 날씨가 어두워졌다.

골렘들이 서서히 뒤로 밀리는 순간이다.

그드드드득!

불의 벽이 양옆으로 갈라지기 시작했다. 몇 번의 죽음 끝에도 중계를 멈추지 않던 피나의 몸이 덜덜 떨렸다.

전장에 냉기로 이루어진 안개가 자욱하게 꼈다. 짙은 안개 속에서도 불의 벽에서 나타난 존재는 너무나 또렷하게 보였다.

"화, 화이트 드래곤!"

화이트 드래곤이 불의 벽을 잡아 뜯으며 얼굴을 내밀고 있었다. 화이트 드래곤이 드디어 불의 벽을 극복한 것이다.

CHAPTER 3

악룡신

에르소나는 입술을 깨물었다. 저 냉기를 지배하는 드래곤을 보고 그 누가 절망을 느끼지 않을 수 있을까?

드래곤은 어느 소설이나 만화에서도 묘사하듯 최악의 상대였다. 지금 이 상황은 가상 세계가 아닌 현실이었다.

현실은 더욱 지독했다.

'예상보다 너무 빨라.'

적어도 하루 동안은 잡아놓을 수 있을 것으로 생각했다. 화이트 드래곤이 어비스의 중심에서 더 강해지리라 예측하고 계획을 세운 것인데 이 정도로 강해졌을 줄은 예상하지 못했다.

"큭!"

화이트 드래곤이 드래곤 피어를 내뿜자 모두의 몸이 굳어버렸다.

압도적인 레벨 차이, 그리고 격의 차이가 느껴졌다. 드래곤은 죽어도 드래곤이었다. 비록 영혼과 의지가 없기는 하나 그것이 다른 존재들보다 격이 낮아지는 이유가 되지 않았다.

불꽃의 핵이 내뿜는 강렬한 열기와 화이트 드래곤의 얼음비늘이 충돌하며 막대한 연기가 흘러나왔다. 불의 벽을 뚫는 모습이 마치 지옥에서 대악마가 나오는 것 같은 느낌을 주었다.

화이트 드래곤이 방어진을 형성하고 있는 아르케디아인들과 드래고니아의 주민들을 바라보았다. 아이스 골렘도 움직임을 멈추었다.

모두가 드래곤 피어에 꼼짝할 수 없었다. 에르소나는 떨리고 있는 자신의 손을 바라보며 이를 악물었다.

"우오! 드래곤이다! 반짝이는 드래곤! 엄청나구나!"

"보석 같네."

"루나 님, 저걸 잡으면 엄청난 부자가 될 것 같은데?"

"힘들지 않을까?"

물론 릴리스와 루나는 이런 압도적인 광경에도 아무렇지

않아 보였다. 오히려 드래곤을 보며 눈을 반짝였다. 곁에 있던 그로라는 둘을 보며 한숨을 내쉬었고 에르소나는 지끈거리는 머리를 감싸 쥐었다.

그 순간이었다.

휘이이이!

불의 벽이 흔들렸다. 드래곤의 몸은 불의 벽에 걸려 있었지만 머리는 이미 벽 너머로 나와 있는 상태였다. 드래곤의 입 주위로 엄청난 냉기가 모이고 있었다. 에르소나는 그것이 무엇인지 알아차렸다.

"브레스!"

브레스가 향한 곳은 부활석이었다. 화이트 드래곤은 부활석을 노리고 있었다.

'누군가 조종하고 있어.'

의지가 없는 시체 따위가 저런 판단을 할 수 있을 리 없었다. 에르소나는 화이트 드래곤을 조종하는 존재가 누군지 짐작이 되었다. 드래곤을 수족으로 부릴 수 있는 존재는 용신뿐이었다.

'아르카다즈……'

아르케디아 온라인에 갑자기 등장한 용신은 에르소나가 공략하지 못한 보스 몬스터였다. 그만큼 너무나 뜬금없었고 말도 안 되는 수준이었다.

"부활석을 지켜!"

이곳이 밀리면 더 이상 유리한 환경에서 싸울 수 없었다.

에르소나가 다급히 외치자 수만에 달하는 마법사들과 신관이 루나를 중심으로 모이더니 두 손을 앞으로 펼쳤다. 방어라인을 구축하던 탱커들이 뒤로 물러나며 방패를 들었다.

에르소나는 화이트 드래곤을 바라보았다. 그녀의 이마에는 식은땀이 흐르고 있었다.

크르르!

화이트 드래곤이 웃는 것 같았다. 저 웃음은 화이트 드래곤이 아닌 용신이 흘린 것이 분명했다. 그 웃음이 에르소나로 하여금 소름 돋게 하였다.

에르소나는 순간 신성의 얼굴이 떠올랐다. 거부감이 드는 남자였지만 왜인지 그가 생각났다. 항상 자신감이 넘치는 그의 얼굴이 떠오르자 떨리는 손이 진정되었다.

드래곤의 입이 벌어지는 순간이다.

"실드!"

에르소나의 외침에 마법사와 신관들이 일제히 실드를 펼쳤고 탱커들이 방패에 모인 마력을 방출했다.

콰가가가!

드래곤의 입에서 브레스가 뿜어져 나왔다. 극한의 냉기로 이루어진 브레스는 주변의 모든 것을 얼리며 다가왔다. 브레스는 그렇게 빠르지 않았다. 마치 눈보라가 밀려오는 것처럼 느껴졌다.

에르소나가 숨을 들이켜는 순간 실드에 브레스가 작렬했다. 뒤로 물러나지 못한 많은 이들이 브레스에 얼어붙어 사라졌다. 한 번의 브레스로 수만의 아르케디아인과 드래고니아의 주민들이 그 자리에서 부서졌다.

콰가가가가!

엄청난 충격에 주변의 지각이 터져 나갔다. 가장 앞에 있던 탱커들이 박살 나며 그대로 사라졌다. 부활석이 바로 뒤에 있었기에 살아난 탱커들은 다시 브레스를 향해 진격하여 방패를 들었다. 실드가 얼어붙고 있었다. 마법사들이 피를 토하며 하나둘씩 날려갔다.

루나는 온 힘을 다하여 신성력을 방출했다. 에르소나와 릴리스 역시 마력을 뿜어내며 루나를 도왔다.

주신 루나는 강력한 신성력을 지니고 있었다. 화이트 드래곤이 아무리 강하다고 하더라도 주신의 자리에 오른 루나의 신성력을 무시할 수는 없었다.

"루나 님! 대단해!"

릴리스가 감탄하며 눈을 반짝였다. 브레스의 위력이 약해지는 순간이었다. 화이트 드래곤의 눈동자가 붉은빛으로 물들기 시작했다.

쿠오오오!

전과는 비교도 할 수 없는 거대한 마력이 실드에 작렬했다. 탱커 라인이 모조리 박살 나고 앞에 있던 신관과 마법사 절반이 얼어붙었다.

"꺄악!"

루나의 입에서 비명이 터져 나왔다. 실드가 깨지며 생긴 반발력은 모두 루나에게 전해졌다. 바닥에 털썩 주저앉은 루나를 릴리스가 부축했다.

순식간에 절반이 넘는 인원이 죽어버렸다. 부활석에서 다시 부활하고 있지만, 워낙 많은 인원이 죽어 부활에 딜레이가 있었다.

화이트 드래곤의 몸체가 불의 벽 안으로 완전히 들어왔다. 붉은 마력이 돌고 있는 화이트 드래곤이 루나 쪽을 바라보았다. 릴리스가 뇌전을 뿜어내며 화이트 드래곤에게 대적했지만 붉은 마력에 흩어져 버렸다.

"무슨……!"

"누군가 있어. 신을 뛰어넘는 존재가 느껴져."

당혹감으로 물든 릴리스의 옆에서 루나가 말했다. 화이트 드래곤의 입이 다시 벌어졌다. 붉은 마력과 냉기가 소용돌이치기 시작했다.

루나는 힘겹게 신성력을 끌어올렸다.

"루나 님, 피하십시오! 막아낼 수 없습니다!"

"많은 이들이 부활 중이에요! 지금 부활이 멈추게 되면 다시 되살릴 수 없어요!"

"하지만……!"

부활 중일 때 부활석이 파괴되면 그 영혼은 다시 부활할 수 없었다. 루나는 다급히 다른 부활석으로 영혼들을 이전시켰지만 아직 수천에 달하는 인원이 대기 중이었다.

화이트 드래곤, 아니, 화이트 드래곤을 조종하고 있는 존재는 언데드 작전의 약점을 너무나 잘 알고 있었다.

화이트 드래곤이 전과는 비교도 되지 않는 브레스를 방출하기 위해 숨을 내쉬었다.

"이런……!"

에르소나와 릴리스, 그로라가 루나의 앞을 막아섰다. 그러나 브레스 앞에서는 너무나 무력했다.

화이트 드래곤의 입에서부터 브레스가 쏟아져 나오려 하고 있었다.

크엑!

갑자기 엄청난 화염이 터져 나오더니 드래곤의 턱이 비틀어졌다. 화염이 공간을 가르며 일직선으로 터져 나갔다.

모두가 멍한 표정으로 그 광경을 바라보았다.

"신성 님!"

루나는 눈물을 글썽였다. 그곳에는 격렬한 분노를 방출하고 있는 신성이 존재했다.

드디어 악신이 강림한 것이다.

* * *

신성은 마그마에 잠겨 두 눈을 감고 있었다. 불꽃의 핵이 그에게 막대한 에너지를 공급해 주고 있었다. 불꽃의 핵은 신성의 의지를 따르며 그에게 망설임 없이 힘을 빌려주었다.

'왔군.'

화이트 드래곤의 존재감이 느껴졌다. 그리고 화이트 드래곤의 뒤에 있는 강렬한 존재 역시 느껴졌다. 그것은 노골적으로 자신의 기운을 뿜어내고 있었다. 불의 벽에 막히자 제법 당황한 모양이었지만 곧 그 감정은 흥미로 바뀌었다.

용신의 감정이 느껴졌다.

용신은 이 자체를 유희로 생각하고 있었다. 신성이 일군 모든 것을 단지 장난감 정도로 보고 있었다.

신성에게 가장 소중한 루나조차도 노리개 정도로 보고 있었고, 그런 오만함이 신성의 심기를 거슬렸다.

예상보다 빨랐지만 에르소나를 중심으로 잘 막아내고 있었다. 신성은 조용히 때를 기다렸다. 불꽃의 핵은 신성의 레벨을 올려주었고 권능을 좀 더 강력하게 만들어주고 있었다.

신성이 눈을 뜬 것은 시간이 꽤 흐른 후였다. 드래고니아로 침입한 버러지들이 너무나 거슬렸지만 잘 참아내었다.

'조금만 더……'

이제 곧 모든 힘이 한계까지 차오른다. 초조한 마음이 들었지만 모두를 믿고 참아내었다.

신성이 몸을 일으킨 것은 루나의 고통 어린 비명이 들릴 때였다. 그 순간 머리에 무언가가 끊긴 것처럼 새하얗게 변했다.

마그마 속에서 신성의 몸이 떠올랐다. 신성은 본체에서 인간형으로 돌아와 있었다. 인간형의 변화는 금방이라도 흘러내릴 것 같은 마력의 마개를 닫는 역할을 하고 있었다. 이것을 터뜨리는 것은 화이트 드래곤의 앞이었다.

신성이 몸을 움직이는 순간 불꽃이 휘날렸다. 용언으로 가속하자 한 줄기의 빛이 되어 빠르게 앞으로 나아갔다. 뇌전의 힘까지 가미된 신성의 속도는 대단히 빨랐다. 지하에서 솟아올라 순식간에 화이트 드래곤이 있는 곳에 도착할 수 있었다. 넘쳐흐르는 힘은 신성의 내면에 가라앉아 있던 흉악함을 불러일으켰다.

화가 치밀었다.

신성은 무엇보다 빌어먹을 용신이 루나에게 상처를 입힌 것에 분노하고 있었다.

신성의 눈에 화이트 드래곤이 루나를 향해 브레스를 쏘려는 것이 보였다. 화이트 드래곤의 냉기에 용신의 마력이 섞여 있었다. 용신과 화이트 드래곤이 연결되어 있는 것이다.

화이트 드래곤의 입이 완전히 벌어지는 순간 신성의 주먹이 화이트 드래곤의 턱에 꽂혔다. 화염이 폭발하며 주변을 갈랐다. 화이트 드래곤의 턱이 박살 나며 아래로 떨어졌다.

퍼억!

신성의 몸이 회전하며 불꽃에 휩싸인 발이 화이트 드래곤의 머리에 꽂혀 들어갔다.

쿠웅!

화이트 드래곤의 거대한 몸체가 옆으로 크게 밀려났다. 분노가 머리끝까지 오르자 오히려 냉정해졌다.

이런 감각은 오랜만이었다. 과거 루나를 모욕한 길드를 쓸어버릴 때 이후로 처음이었다.

"뒤로 물러나."

신성이 나지막하게 말했다.

하늘을 뒤덮는 살기를 버텨낼 수 있는 이는 많지 않았다.

신성의 목소리는 작았지만, 모두의 귀에 똑똑히 들렸다. 에르소나가 간신히 고개를 끄덕이고는 후퇴하라는 명령을 내렸다. 후퇴하는 이들을 쫓으려 아이스 골렘이 진격했지만 앞으로 갈 수 없었다.

콰아앙!

신성의 주변에서 뿜어져 나간 화염이 아이스 골렘을 쓸어버렸다. 화염은 점점 더 커지며 거대한 불기둥이 되었다.

치지직!

뇌전과 검은 불꽃이 섞여들어 가며 어둠이 내려앉기 시작했다. 밝던 어비스의 밤이 완전한 심연으로 물들었다.

신성의 몸이 불꽃으로 휩싸였다. 바닥을 뚫고 용암이 솟구쳤고, 용암은 거대한 나무가 되어 주변을 휩쓸어 버렸다.

신성의 몸이 점점 더 거대해졌다. 본래의 크기를 넘어서고 화이트 드래곤과 맞먹는 크기까지 이르렀다. 그러나 순간 검은 먹물과도 같은 마력이 터져 나오더니 크기가 급격히 줄어들었다.

거인족을 보는 것처럼 컸지만 드래곤에 비한다면 대단히 작았다. 그러나 그 존재감은 결코 작지 않았다. 화이트 드래곤을 가볍게 찍어 누를 정도였다.

신성의 모습은 드래곤의 형태가 아니었다.

드래곤의 모습이 섞여 있었지만 마치 악마를 보는 것 같은 형상이었다. 온몸이 검은 비늘로 덮여 있고 길게 뻗은 뿔에서는 뇌전이 치솟았다. 비늘 위로 타오르는 검은 불꽃은 드래곤과 악신의 권능을 상징했다.

드래고니안의 모습과 비슷하기는 했지만 차원이 달랐다. 드래고니안이 인간과 드래곤이 융합된 형태라면 지금 신성은 악신과 드래곤의 힘이 완벽하게 섞여 있는 상태였다. 그동안 드래곤의 몸에 악신의 권능을 깃들게 한 것과는 달랐다.

스륵!

등 뒤로 거대한 날개가 뿜어져 나왔다. 날개는 화이트 드래곤의 날개만큼 커다랬다.

한 쌍이 아니었다.

여섯 장의 날개는 그가 지배하는 힘을 나타내 주고 있었다. 날개를 장식하고 있는 황금 눈동자에는 각 힘이 담겨 있었다. 아직 하나의 빈 공간이 있기는 하지만 그것도 곧 채워질 것이다.

저 화이트 드래곤을 제물 삼아 말이다.

[S]악룡신 강림

악신화를 넘어선 단계.

불꽃의 핵과 극도에 이른 분노가 작용하여 각성하였다.

무리한 각성으로 랭크가 다운되었다.

악신과 드래곤이 융합하여 최상위 종족을 넘어서는 힘을 지닐 수 있고 일정 시간 동안 존재의 격이 상승하며 악신과 드래곤의 힘을 자유자재로 구사할 수 있다. 그러나 에이션트 드래곤이 되지 않는 이상, 사용 이후에 심각한 페널티가 부여된다.

[악룡신이 어비스에 강림하였습니다.]

[악신을 넘어선 힘이 어비스를 공포에 빠뜨립니다.]

[어비스에 공포와 절망이 내려앉습니다. 빛과 희망이 사라집니다. 그러나 반려신 루나의 영향으로 드래고니아는 보호됩니다.]

신성의 눈동자에 화이트 드래곤이 담겼다. 화이트 드래곤과 이어진 용신의 의식이 보였다. 용신이 황홀한 눈으로 그를 바라보고 있었다.

신성의 거대한 날카로운 손이 휘둘러지자 뇌전이 섞인 검은 불꽃이 뿜어져 나가며 화이트 드래곤을 덮쳤다.

화이트 드래곤의 얼음 비늘이 박살 나며 주변으로 쏟아져 내렸다.

바닥에 처박혔던 화이트 드래곤이 몸을 들었다. 화이트 드래곤은 브레스를 쏘려고 했지만, 신성의 몸이 뇌전으로 변하더니 화이트 드래곤의 앞에 나타났다.

터억!

화이트 드래곤의 얼굴이 신성의 날카로운 손에 잡혔다.

얼음 비늘을 부수며 파고드는 손톱에서는 진득한 검은 화염이 쏟아져 내렸다. 신성이 힘 있게 팔을 휘두르자 화이트 드래곤의 거대한 몸체가 흔들리며 불꽃의 벽 너머로 날려갔다.

그그극!

주먹을 쥐자 공간이 내지르는 끔찍한 비명이 흘러나왔다.

*   *   *

주먹을 쥐었다. 힘이 넘쳐흘렀다. 온몸을 타고 흐르는 충만한 권능이 느껴졌다. 지금이라면 그 무엇도 할 수 있을 것 같았다.

감당할 수 없는 힘이 계속해서 치솟았다. 빨리 방출해 버리지 않으면 주변이 초토화될 것 같았다.

신성은 순식간에 불의 벽을 넘었다.

화이트 드래곤이 협곡 밑에서 모습을 드러냈다. 불의 벽 너머로 눈보라가 휘날리며 냉기가 자욱했지만, 지금의 신성에게는 전혀 문제가 되지 않았다.

그 압도적이던 화이트 드래곤이 너무나 작게 느껴졌다.

화이트 드래곤이 날아올랐다. 화이트 드래곤의 머리는 심하게 녹아 있었는데 주변의 냉기를 흡수하더니 서서히 복구되었다.

화이트 드래곤의 주변에 붉은빛이 감돌았다. 악룡신이 된 신성의 눈에 용신의 의지가 보였다. 화이트 드래곤 위에서 신성을 바라보고 있었다. 신성은 그 시선이 마음에 들지 않았다. 자신을 절대적인 존재라고 여기는 오만한 눈빛이다. 그 안에는 신성과 닮은 사악함이 담겨 있었다. 그러나 신성이 품고 있는 따듯함은 존재하지 않았다.

'박살을 내주마.'

신성의 검은 마력이 퍼져 나가며 주변의 눈보라를 잠식했다. 화이트 드래곤의 냉기는 신성의 마력에 잡아먹히며 사라져 가고 있었다.

치지직!

뇌전이 치솟으며 순식간에 신성이 화이트 드래곤 앞에 나타났다. 화이트 드래곤이 거대한 입을 벌려 신성을 물려고 했다. 그러나 신성이 두 손으로 입을 잡고 그대로 입을 뜯어버렸다. 거기서 끝이 아니었다.

화이트 드래곤의 등으로 이동해 날개 하나를 뜯어버리자 화이트 드래곤이 몸이 아래로 떨어져 내렸다. 신성은 화이트 드래곤의 몸에 손을 쑤셔 넣었다.

화염이 터져 나오더니 순식간에 협곡을 넘어 드래고니아 밖까지 이동되었다. 신성이 당도한 곳은 눈이 가득했지만, 신성이 등장하자 겨울은 사라지고 어둠이 내려앉았다.

화이트 드래곤의 권능은 신성의 어둠에 잡아먹혔다.

신성은 그대로 화이트 드래곤을 바닥에 던졌다. 화이트 드래곤의 몸이 대지를 박살 내며 쭈욱 밀려 나갔다.

신성의 힘은 그야말로 압도적이었다. 드래곤에 비해 몸집은 무척이나 작아져 있었지만 모든 능력은 저 화이트 드래곤이 와이번으로 느껴질 정도로 상승해 있었다.

지금 그는 어비스에 강림한 악룡신이었다.

날개가 잘려 나간 화이트 드래곤은 하늘을 날 수 없었다.

검은 마력이 진득하게 붙어 있어 복구 역시 불가능했다. 신성의 권능은 화이트 드래곤을 압도하고 용신에게까지 영향을 미치고 있었다. 용신은 신성의 그러한 성장에 만족한 듯 부드러운 미소를 짓고 있었다.

바닥에서 몸을 일으킨 화이트 드래곤의 모습은 예전과 달랐다. 검은 마력이 침투하여 균열이 생겨 있고 턱과 한쪽 날개가 없었다.

바닥을 기는 모습이 너무나 잘 어울렸다. 그렇게 지렁이처럼 바닥을 기다가 처참하게 죽어버려야 한다.

아니, 그보다 더 비참하게 최후를 맞이해야 한다. 자신을 위해 이용되어야 한다.

신성의 웃음소리가 흘러나왔다. 그 웃음이 너무나도 사악하게 느껴졌다. 용신은 신성의 웃음소리를 듣는 순간 몸을 부르르 떨었다.

극도의 쾌감을 느낀 표정이다.

쿠오오오!

화이트 드래곤이 울부짖으며 신성을 노려보았다.

그 가소로운 모습을 감상하던 신성은 가볍게 주먹을 풀며 바닥에 착지했다.

화이트 드래곤 주변에 거대한 마법진이 떠올랐다. 냉기로 이루어진 마법진에는 마법사들이 상상할 수 없을 정도로 대단한 랭크의 마법이 새겨져 있었다.

신성은 마법에 그다지 관심이 없었기에 신성이 다룰 수 있는 마법보다 훨씬 고차원적이었다. 사르키오가 봤다면 거품을 물고서라도 알아내려 할 것이 틀림없었다.

마법진이 터져 나가며 고도의 마법이 모습을 드러냈다. 화이트 드래곤이 지닌 드래곤 하트에서 만들어진 마법은 재앙 그 자체였다. 해일과도 같은 눈보라와 거대한 얼음으로 이루어진 토네이도가 주변 지형을 파괴하며 신성에게 다가왔다.

지도를 완전히 바꿀 정도로 끔찍한 재해였다. 드래곤이 어째서 최악의 상대로 불리는지 알 수 있는 대목이다. 아무리 많은 토벌대가 구성되어도 이런 마법을 쓴다면 절망을 느낄 것이다.

그러나 신성이 마법을 딱히 깊게 파고들지 않은 이유가 있었다. 드래곤의 눈이 있다면 어떤 마법진도 해석할 수 있었고 무엇보다 그에게는 모든 마법을 뛰어넘는 권능이 있었다.

공간마저 얼려 버리는 막대한 냉기가 신성을 향해 쏟아져 내렸다. 도시 하나를 가볍게 파괴할 수 있을 것 같은 거대한 토네이도가 분쇄기처럼 느껴졌다. 아무리 높은 내구력을 지녔더라도 저 안으로 빨려들어 간다면 살점조차 남아나지 않을 것이다.

신성은 코앞까지 다가온 재앙을 바라보고만 있었다. 전혀 위협을 느끼고 있지 않았다.

당연했다.

저것은 화이트 드래곤의 마지막 몸부림에 지나지 않았다.

[사라져라.]

악신의 권능과 용언이 합쳐져 절대적인 언어가 되었다. 용언을 한 단계 뛰어넘는 언어는 모든 것을 지배하고 파괴할 수 있는 권능이 깃들어 있었다.

신성이 그렇게 말하는 순간 주변 지형을 뒤엎으며 다가오던 마법들이 순식간에 사라졌다. 화이트 드래곤이 내뿜은 냉기 역시 모습을 감추었다.

이제 돌려줄 차례였다.

신성의 앞에 거대한 마법진이 떠올랐다. 그것은 화이트 드래곤이 만든 마법진과 비슷했다. 다른 점이 있다면 훨씬 크고 더욱 많다는 점이다.

신성이 손을 휘젓자 마법진이 터져 나가며 마력이 쏟아져 나왔다. 흑염이 주변을 뒤덮고 얼어붙은 대지를 모조리 녹여 버렸다. 화이트 드래곤은 냉기를 뿜어내며 저항하려 했지만 흑염의 해일에 휩쓸려 온몸이 깨져 나갔다.

'끈질기군.'

용신의 붉은 마력이 화이트 드래곤의 주변에 펼쳐지며 화이트 드래곤을 보호했다.

용신은 신성에게서 눈을 떼지 못하고 있었다. 최고의 보석을 보는 것처럼 진득한 눈빛으로 신성을 바라보고 있었다. 신성과 눈이 마주치자 요염한 미소를 지었다. 그녀는 화이트 드래곤의 드래곤 하트에 붉은 마력을 쑤셔 넣었다.

드드드드드!

화이트 드래곤의 드래곤 하트가 요동치며 폭주하기 시작했다. 신성은 용신의 의도가 무엇인지 알아차렸다. 화이트 드래곤으로는 신성을 이길 수 없으니 드래곤 하트를 폭주시켜 자폭을 유도한 것이다.

화이트 드래곤이 자폭한다면 이 일대뿐만 아니라 드래고니아에도 막대한 피해가 갈 것이다. 막대한 냉기는 대지를 얼려 버리고 기나긴 겨울을 가져다줄 것이 틀림없었다.

꽤 그럴듯한 선물이었다.

드래곤 하트에는 용신의 용언이 깃들어 있었다.

게다가 용신의 마력이 잔뜩 들어갔기에 신성이라 하여도 폭발을 막을 수 없었다. 지금 당장 터질 것 같은 폭발을 지연시킬 수는 있지만 완전히 막기는 힘들었다.

　용신이 큰 상처를 입었다고는 하지만 아직까지 그녀와 신성의 차이는 꽤 컸다. 신성은 강제적으로 악룡신이 된 것이고 용신은 용신 그 자체였다.

　용신이 신성을 바라보다가 그대로 사라지려고 했다. 이곳에서 할 일을 다 했으니 신성과 직접 만나는 것을 고대하며 의식의 연결을 끊으려 한 것이다.

　그러나 신성은 그녀를 놔줄 생각이 없었다.

　[멈춰.]

　막대한 마력이 빠져나가며 신성의 목소리가 울려 퍼졌다. 그러자 사라지려던 용신의 몸이 다시 화이트 드래곤에게 붙들렸다. 용신의 얼굴이 당황으로 물드는 것이 보였다. 신성은 용신이 빠져나가는 것을 늦추었다.

　완전히 붙잡을 수는 없었지만 그것으로도 충분했다.

　'몇 배로 갚아줘야겠지?'

　신성의 사악한 웃음이 흘러나왔다.

　용신은 루나의 입에서 비명을 나오게 만들었다. 신성은 용신의 입에서 그것보다 몇 배는 더 큰 비명이 나오게 할 것이다.

신성의 몸이 무너져 내리고 있었다. 신성은 악룡신의 힘을 오래 유지할 수 없음을 알고 있었다. 그러나 주어진 시간은 충분했다.

그에게는 뇌전의 권능이 있었다.

신성은 화이트 드래곤의 목에 손을 쑤셔 넣었다.

화이트 드래곤은 이제 반항할 수 없었다. 그저 폭발하는 것밖에 남아 있지 않은 시체에 불과했다.

신성은 화이트 드래곤을 들고 날아올랐다.

거대한 화이트 드래곤의 몸체가 가볍게 들렸다. 신성은 뇌전의 힘을 일으키며 앞으로 뻗어 나갔다. 마치 번개 그 자체가 된 것처럼 대단한 속도였다.

순식간에 신성은 목적지에 도착했다. 신성이 도착한 곳은 마계로 향하는 차원의 문이 있는 곳이었다. 신성이 차원의 문을 지배하고 있기 때문에 마계에서는 넘어올 수 없었지만, 이곳에서 마계로 넘어가는 것은 가능했다.

용신의 눈동자가 커졌다.

신성의 의도를 파악한 것이다. 그러나 용신이 지금 할 수 있는 일은 없었다.

신성의 눈빛이 날카롭게 빛났다. 신성은 자신을 건드린 모두에게 철저히 복수를 했다. 그것이 설령 용신이라 할지라도 피해갈 수 없었다.

신성은 모든 마력을 방출했다.

신성의 날개에서 뿜어져 나오는 막대한 권능이 화이트 드래곤의 몸에 깃들었다. 신성이 지니고 있는 모든 권능을 쑤셔 넣은 것이다.

화이트 드래곤이 급속도로 붕괴되기 시작했다. 신성은 화이트 드래곤에 깃든 용신을 바라보았다.

"선물은 반품할게. 마음에 들지 않거든."

신성은 온 힘을 다해 화이트 드래곤을 차원의 문 안으로 던져 버렸다.

차원의 문으로 화이트 드래곤이 사라지는 순간 신성의 모습이 인간형으로 돌아왔다. 허락되지 않은 힘을 썼기 때문에 본체는 대단한 타격을 받은 상태였다.

신성은 온몸을 울리는 근육통에 인상을 찌푸렸다. 마력도 고갈되었고 용언도 당분간 쓸 수 없었다.

몸이 대단히 무거웠다. 몸살이라도 난 것 같은 느낌이 마음에 들지 않았지만 위기를 잘 넘긴 것 같아 웃음이 나왔다.

신성은 차원의 문을 바라보았다. 차원의 문에서 격렬한 기류가 느껴졌다.

"터졌군."

힘껏 던졌으니 마계의 어딘가에 닿아 폭발했을 것이다. 용신의 의지가 붙어 있었으니 용신도 아마 꽤 큰 고통을 느낄 것이다. 용신의 일그러진 얼굴을 보지 못한 것이 아쉬웠다.

[LEVEL UP!]
[LEVEL UP!]
[LEVEL UP!]

화이트 드래곤을 죽였으니 레벨이 오른 것은 당연했다. 그러나 생각한 것보다 레벨이 훨씬 많이 오르고 있었다.

화이트 드래곤과 신성의 모든 권능과 마력이 들어가 있기 때문에 폭발의 범위는 대단할 것이다.

상당히 많은 마족이 휩쓸린 것 같았다.

'경험치가 너무 많은데.'

그것을 고려해도 경험치가 너무 막대했다. 게다가 획득한 스킬 포인트도 예상을 크게 웃돌았다.

순식간에 레벨이 530을 넘어섰다.

불꽃의 핵을 흡수하며 얻은 경험치는 아무것도 아니었다.

신성은 정보창을 올려보았다.

[화이트 드래곤을 물리쳤습니다.]
[지배의 힘으로 화이트 드래곤의 권능을 흡수하였습니다.]

[A+]빙천룡

냉기를 지배하는 권능.

어비스의 겨울을 만들었던 화이트 드래곤을 흡수하여 얻은 권능이다. 빙천룡은 냉기뿐만 아니라 물 역시 자유자재로 다룰 수 있다. 존재하는 것만으로도 눈보라를 일으키며, 빙천룡의 브레스는 시공간을 얼려 버릴 정도의 냉기를 자랑한다.

[마계에 최초로 겨울을 몰고 왔습니다. 마족들은 처음 겪는 겨울에 큰 고통을 받을 것입니다. 마계의 동식물들이 죽어가고 있습니다.]

[당신은 진정한 악신입니다. 악신의 사악함에 마족들이 공포를 느낍니다.]

[마족들의 고통이 악신의 권능을 강화해 줄 것입니다.]

*마왕 아론트를 해치웠습니다.

*마왕 론드니악을 해치웠습니다.

*마왕 아론트, 마왕 론드니악의 세력이 붕괴하였습니다.

[축하합니다! 굉장한 악업으로 인해 악신의 랭크가 상승하였습니다!]

[S]몰살 보너스! 폭탄 받아라!

*경험치 150%

*획득한 스킬 포인트 ×2

　신성은 이제야 왜 이렇게 레벨 업이 많이 되었는지 알 수 있었다. 마왕 아론트와 마왕 론드니악뿐만 아니라 그들의 세력을 단번에 붕괴시킨 것이다. 마계에서 무슨 일이 벌어지고 있는지는 몰랐지만 운 좋게 한 번에 쓸어버린 것 같았다.

　신성은 정보창을 닫고 고개를 끄덕였다.

　"좋은 게 좋은 거지."

　신성은 피식 웃었다.

　어쨌든 용신에게 크게 한 방 먹여준 것 같아 기분이 무척이나 좋아진 신성이다.

*　　*　　*

　신성이 어떻게 드래고니아로 돌아갈지 몰라 난감해하고 있을 때 릴리스가 신성을 데리러 왔다. 릴리스는 신성의 안색을 보더니 화들짝 놀라며 다급히 신성을 드래고니아로 옮겼다.

　고통에 무뎌 아무렇지도 않았지만 신성의 안색은 좋지 못했다. 입술이 새파랗게 질려 있고 열이 났다.

협곡을 넘어오자 루나가 신성에게 달려왔다. 루나는 신성의 상태를 보더니 눈물을 글썽이며 치료 마법을 시전했다. 그러나 악룡신이 된 페널티였기 때문에 치료 마법이 먹히지 않았다.

그 후 악신의 성으로 돌아온 신성은 루나에게 붙들려 꼼짝없이 침대에 누워 간호를 받아야 했다. 지금 드래고니아에서는 승전을 축하하는 파티로 들썩였지만 정작 그 주역인 신성은 루나가 떠주는 죽을 먹고 있었다.

"괜찮은데… 내가 먹을게."

"안 돼요! 환자는 가만히 있어요!"

"단호하네."

루나는 무척이나 단호했다. 아주 천천히 죽을 먹은 신성은 피식 웃었다. 지극정성으로 자신을 돌보는 루나를 보니 아픈 것도 나쁘지 않은 것 같았다.

'어쩌면 진짜 선물일지도 모르겠네.'

그로라가 밖에서 커다란 통을 들고 왔다. 통에는 따듯한 물이 담겨 있었다. 그로라는 거의 침대에 묶여 있는 신성을 바라보다가 살짝 웃고는 밖으로 나갔다.

"자, 이제 씻도록 해요."

"응? 잠깐……!"

루나의 손이 꿈틀거렸다. 구석구석 깨끗하게 씻겨주겠다는 의지가 느껴졌다.

노크 소리가 들렸지만 루나는 그것을 들을 수 없었다.

"들어가겠습니다. 몇 가지 보고할 것이……."

살짝 열린 문으로 들어온 에르소나가 들어왔다가 신성의 옷을 강제로 벗기고 있는 루나를 보고 그대로 굳어버렸다.

루나와 신성의 고개가 돌아가며 에르소나를 바라보았다.

방 안에 한동안 적막이 감돌았다.

"에, 에르소나 님도 같이 씻으실래요?"

"…사양하겠습니다."

다시 침묵이 내려앉았다. 에르소나가 잔뜩 붉어진 귀를 감추며 사라지자 루나와 신성은 웃음을 터뜨리며 서로를 바라보았다.

*　　　　*　　　　*

마계.

매일매일 권좌가 바뀌고 새로운 강자가 등장하는 곳이다. 땅은 척박했고 마력을 머금은 동식물들은 모두 위험했다. 마계의 하층민들은 오히려 마계의 동식물에게 잡아먹힐 정도였다. 그들이 살아남는 방법은 강한 마족의 노예로 들어가는 방법밖에 없었다.

약육강식.

그 말이 딱 어울리는 곳이 바로 마계였다.

마계 전체를 관통하는 진리였다.

귀족의 자식이 재능이 없어 천민으로 추락하는 것은 흔한 일이었다.

부족한 식량은 전쟁을 만들었고, 권좌에 앉아 있는 마왕들이 대부분을 차지했다. 마왕들은 끝없이 위로 올라가려 했고 탐욕을 드러내는 것을 감추지 않았다.

지금처럼 말이다.

"전진! 차원의 문은 우리가 차지한다!"

차원의 문을 차지했던 마왕 고리악의 파벌 베로알이 어비스에서 실종된 이후로 차원의 문은 공터가 되었다. 베로알의 무력은 약했으나 그의 영토 자체는 마계에서 상급에 속했기에 꽤 영향력을 행사하는 편이었다. 그런 베로알이 사라지자 고리악의 세력은 약해졌고 차원의 문을 노리고 있던 마왕들이 다투기 시작했다. 고리악이 베로알의 영지를 수습하느라 정신이 없는 와중이었다.

마왕 아론트는 고리악의 밑에서 거만하던 베로알을 떠올렸다. 어비스에서 막대한 이득을 취하고 있었는데 세력이 불어나는 것이 눈에 보일 정도였다.

어비스는 꿈의 땅이었다. 특히 베로알이 차지하고 있던 차원의 문은 가장 좋은 환경을 자랑했다. 마왕 아론트는 차원의 문을 점거한 후 위로 치고 올라가는 발판으로 삼을 생각이었다.

'서열 10위 안에 드는 것… 불가능한 것만은 아니야.'

마왕 아론트는 서열 11위였다. 수백 년 동안 그 자리에서 벗어난 적이 없었다. 12위부터는 자주 서열이 바뀌었지만 마왕 아론트는 10위권의 수문장이라 불릴 정도로 오랫동안 그 왕좌를 차지하고 있었다.

마왕 아론트는 그의 주요 측근들과 함께 차원의 문 근방에 당도했다. 그의 예상대로 마왕 론드니악이 많은 병력을 일으켜 이미 그곳에 도착해 있었다. 마왕 론드니악은 고리악의 파벌이었고 사라진 베로알 대신 어비스를 통치하기 위해 온 것이다.

마왕 아론트는 분명 강했지만 고리악의 눈치를 볼 수밖에 없었다. 고리악은 서열 8위로 가장 활발하게 활동하는 마왕이었다. 죽을 것을 각오하고 그와 붙는다면 팔 하나 정도는 자를 수 있겠지만, 결코 고리악을 넘어설 수는 없었다. 게다가 고리악의 영지와 아론트의 영지는 제법 가까웠다.

마왕 아론트와 마왕 론드니악의 대치는 길어졌다. 마왕 론드니악도 고리악을 등에 업고 있기는 하지만 아론트를 무시할 수는 없었다. 결국 마왕 아론트와 마왕 론드니악은 차원의 문 앞에서 회담을 하게 되었다.

마족답지 않은 평화적인 방법이었지만 이곳에서 서로의 세력을 낭비하는 것은 다른 마왕들에게 좋은 기회를 주는 것이었다.

차원의 문 앞에서 둘은 서로를 바라보았다. 마왕 론드니악이 먼저 입을 떼었다.

"우리가 싸우는 것은 불필요한 일인 것 같습니다."

"나도 동의하네."

"아론트 님, 이참에 고리악 님과 협조를 하시는 것이 어떻습니까?"

"나보고 고리악 님의 파벌로 들어가라는 말인가? 그가 강하기는 하지만 내가 숙이고 들어갈 정도는 아닐세."

론드니악은 고개를 저었다.

"오고 가는 것이 있는 협조입니다. 어비스의 지분을 보장해 주신다고 합니다. 아론트 님께서는 다른 버러지들이 접근하는 것만 막아주시면 됩니다."

"음, 그건 어려운 일이 아니지."

"고리악 님께서는 아론트 님이 위로 올라오길 바라고 계십니다. 마계는 너무 정체되었고 새로운 차원을 눈앞에 두고 있는 만큼 변화가 필요하기 때문이지요. 그들은 너무 오랫동안 마계를 지배했습니다."

론드니악은 차분하게 아론트를 설득했다. 아론트도 변화가 필요한 시점임을 공감했다. 고리악의 수하로 들어가는 것이 아닌 평등한 협조라면 충분히 고려해 볼 만했다. 아론트가 고개를 끄덕이자 론드니악이 미소를 지으며 손을 내밀었다.

론드니악은 본심을 숨기고 있었고 아론트도 어느 정도 그것을 눈치채고 있었다.

"그럼 서로 서약을……."

론드니악이 그렇게 말하는 순간이었다. 차원에서 기묘한 빛이 흘러나오더니 강한 진동이 느껴졌다.

론드니악과 아론트는 경계하며 차원의 문을 바라보았다. 둘의 세력이 모두 전투태세를 갖추었다. 베로알이 사라지면서 차원의 문으로 들어간 이는 없었다. 그리고 나온 자도 없었다. 그랬기에 이렇게 경계하는 것은 당연했다.

주변의 온도가 급격히 내려가고 있었다.

아론트는 입에서 뿜어져 나오는 입김을 바라보았다.

'춥다고?'

마계에는 겨울이 없었다. 추위가 있기는 하지만 춥다고 느껴질 정도는 아니었다. 아론트는 처음으로 추위를 경험했다. 손끝이 얼어붙는 것 같은 추위였다. 론드니악 역시 당황한 표정으로 차원의 문을 바라보았다.

두드드드드드!!

주변이 흔들렸다. 차원의 문에서 흘러나온 엄청난 냉기가 땅을 수축시키고 마력을 동결시켰다. 아론트와 론드니악의 눈동자가 점점 커졌다.

그들이 경악한 것은 뜻밖의 추위 때문이 아니었다. 차원의 문에서 나온 엄청난 크기의 드래곤 때문이었다. 드래곤은 붉은 마력과 검은 마력에 휩싸여 있었는데 딱 봐도 대단히 불안정한 상태였다.

아론트는 불길함을 감지했다. 드래곤에게서 느껴지는 막대한 마력은 그의 몸을 절로 떨리게 하였다. 드래곤의 비늘이 마구 갈라지며 영혼을 얼리는 것 같은 냉기가 쏟아져 나왔다.

"후퇴……."

아론트가 다급히 소리치려 할 때였다.

콰아아아아앙!

드래곤의 몸이 완전히 붕괴하며 천지가 개벽하는 듯한 폭발이 일어났다. 아론트와 론드니악이 폭발에 휩쓸려 반항조차 하지 못하며 소멸하였고, 주변에 모여 있던 그 둘의 주요 병력 역시 모조리 사라졌다.

순식간에 마왕 둘과 수십만의 마족이 사라진 것이다. 폭발은 거기서 끝나지 않았다. 마치 거대한 행성처럼 부풀어 오르더니 주변을 삼키기 시작한 것이다.

저 멀리 있던 산과 강, 그리고 대지를 얼려 버리며 계속해서 뻗어갔다. 대기가 얼어붙고 주변을 휩쓰는 눈보라가 뿜어져 나왔다. 그나마 자라 있던 나무와 풀들이 얼었다가 부서져 가루가 되었다.

쾅아아아아!

얼음의 폭풍은 마계를 강타했다. 마을과 도시를 초토화하고 더욱 뻗어가 마계의 가장 큰 곡창지대라 불린 라논트 평원을 휩쓸었다.

마계에 지독한 추위가 닥쳤다. 대지가 눈으로 뒤덮였고 냉기는 사라지기는커녕 점점 더 퍼져 나가 마계 전체에 영향을 미치려 하고 있었다.

마계에 길고 긴 겨울이 온 것이다.

*   *   *

며칠 동안 푹 쉬자 신성은 그럭저럭 몸을 움직일 수 있는 수준이 되었다. 신성은 계속해서 오르는 경험치를 신기한 듯 바라보았다. 폭발의 영향이 클 것이라 예상은 했지만 지금도 꾸준하게 경험치가 오르고 있었다. 비록 처음보다는 적었지만 아직도 레벨이 상승할 만큼 많았다.

'마계에 겨울이 왔다고 했던가?'

신성이 기억하는 마계의 기후는 여름에 가까웠다. 그나마 괜찮은 기후 덕분에 곡식을 재배할 수 있는 곳이 있었다. 열대 과일도 꽤 있어 그럭저럭 살아갈 수 있었다. 몬스터를 잡을 수 있는 마족들은 몬스터를 먹고 살아가기에 곡식에 연연하지 않는 편이었다.

그런 몬스터들이 살아갈 환경이 갑자기 변한다면 어떻게 될까?

'제법 재미있는 상황이네.'

좋은 기회였다. 마계와는 다르게 어비스에는 겨울이 사라졌다. 어비스의 겨울은 화이트 드래곤의 잔재가 불러온 것이었고, 그 화이트 드래곤을 마계에 선물했으니 겨울이 사라지는 것은 당연했다.

마계는 아마 앞으로 식량 부족에 시달릴 것이다. 그것에 비해 겨울이 사라진 어비스는 식량이 흘러넘쳤다. 드래고니아에서는 엄청난 속도로 곡식이 자랐고 폭발적인 수확량을 감당하지 못해 계속해서 창고에 쌓였다. 일부는 루나의 이름으로 지구에 곡식을 풀어 식량난이 있는 가난한 국가를 도와주기도 했다.

그리고 어비스의 중심을 화이트 드래곤이 모두 먹어치워 준 덕분에 드래고니아의 영토는 실질적으로 어비스의 중심을 포함하게 되었다.

'계획대로 식량을 무기로 써야겠어. 김갑진에게 언질을 했으

니 잘 처리하겠지.'

밥 앞에 장사 없었다. 마왕 정도 된다면 모르겠지만 고위 마족이라 할지라도 먹지 않고 살아가는 것은 불가능했다. 신성의 입가에 사악한 미소가 걸렸다.

일이 이렇게 되었으니 급할 것은 없었다. 겨울을 느긋하게 기다리면 되는 것이다.

'여유롭게 어비스를 점령해 가도 되겠군.'

누구도 신성이 영토를 넓히는 데 반대하지 않았다. 화이트 드래곤을 가볍게 가지고 노는 신성의 모습을 보았으니 다른 대도시의 간부들도 신성의 기분을 거슬리려 하지 않았다. 그 때문에 유례없는 평화를 누리며 서로서로 협력하며 발전해 나가고 있었다.

어비스의 중심에는 대단한 자원이 많았기에 카룩을 포함한 오우거, 그리고 드워프와 거인족들이 짐을 싸서 그곳으로 향했다. 어비스는 이제 통일된 것과 다름없었다. 어비스의 중심을 넘을 수 있었으니 다른 지역으로도 영향력을 확대할 수 있었다. 이번 일이 어비스에 알려지자 많은 몬스터 부족들이 자발적으로 영지를 가져다 바치고 있었다.

신성의 명령으로 마계와 통하는 차원의 문을 발견하는 즉시 모두 닫아버렸다. 마족과의 전투가 있기는 했지만 피해는 미비한 편이었다.

이제 어비스는 일방통행이 되어버렸다.

'안색이 안 좋아 보이는군.'

신성은 악신의 성에 있는 방에서 나오지 않았다.

요즘 들어 부쩍 잠이 많아진 루나 때문이다. 몸에 별 이상은 없었지만 신성은 루나의 곁을 떠나지 않았다. 드래고니아의 일은 모두 김갑진과 에르소나가 처리하고 있어 여유가 있었다.

신성은 침대에 잠들어 있는 루나의 머리카락을 정리해 주었다. 그녀는 늘 맑았다. 그리고 아름다웠다. 그 무엇에도 더럽혀지지 않은 순백의 여신이었다. 그녀의 육체는 신성력으로 이루어져 있었다. 그녀의 숭고한 의지가 지금 그녀의 모습을 탄생시킨 것이다.

아무것도 하지 않고 루나만 지켜보고 있어도 조금도 지루하지 않았다.

'음?'

신성은 그녀의 몸에서 서서히 빛이 뿜어져 나오는 것을 발견했다. 은은한 빛이었는데 평소에 알던 루나의 빛이 아니었다.

루나의 신성력 안에서 작은 파장이 흘러나왔다. 신성의 눈동자가 커졌다. 루나의 안에 있는 새로운 의지가 느껴졌기 때문이다. 그것은 루나를 닮았고 신성을 닮았다. 막대한 신성력과 마력을 동시에 지니고 있었다. 그러나 드래곤처럼 사납지 않았다. 부드럽고 다정한 기운이 잠들어 있었다.

루나의 눈이 떠졌다. 루나는 신성의 얼굴이 보이자 부드럽게 웃었다. 그러나 그 미소에는 힘이 없었다.

"느껴지나요? 세상에 나올 때가 된 것 같아요."

"루나……"

"넓은 공간이… 필요……."

루나의 이마에 식은땀이 맺혔다. 식은땀은 바닥에 떨어지며 신성력으로 이루어진 보석이 되었다. 루나의 신성력이 불안정하게 흔들렸다. 루나의 몸이 흐릿해질 정도로 상태가 불안했다.

"루나! 정신 차려!"

루나의 상태가 심상치 않자 신성은 루나를 안아 들고 밖으로 뛰어나왔다.

"김갑진!"

신성이 방을 나오며 외치자 김갑진이 눈을 깜빡이며 모습을 드러냈다. 그는 신성의 품에 안겨 있는 루나를 보더니 기겁하며 신관들을 모았다.

어비스에 있는 루나교의 주요 신관들이 모두 몰려왔다. 악신의 성 중앙에 있는 거대한 홀의 중앙에 루나를 눕히자 김갑진과 신관들이 신성력을 뿜어내며 루나의 상태를 안정시키려

애썼다.

신성 역시 막대한 마력을 뿜어내며 루나의 몸에 힘을 불어넣었다. 신성은 루나의 표정이 밝아지는 것을 보고 겨우 안도의 한숨을 내쉬었다.

그러나 그것도 잠시였다.

루나의 몸에서 막대한 기운이 뿜어져 나왔다. 그 기운은 빛의 기둥이 되어 천장을 뚫고 하늘 위로 치솟았다. 신성력과 마력이 섞인 소용돌이가 루나의 주변을 휩쓸었다.

그 기세가 심상치 않았다.

[안정되어라.]

신성이 용언을 쏟아부었지만 효과는 잠시뿐이었다. 신성은 다급히 뒤를 바라보았다. 신관들이 부들부들 떨며 루나에게서 뿜어져 나오는 기운을 제어하려 노력하고 있었다.

김갑진의 얼굴에도 땀이 가득했다.

"성문을 닫아!"

신성이 외치자 신관들이 다급히 뛰어가 성문을 닫았다. 루나에게서 뿜어져 나오는 기운이 점점 커졌다. 바닥에 균열이 생기고 악신의 성 전체가 흔들렸다.

신성은 용언을 사용하여 주변에 보호막을 펼쳤다.

루나의 몸에서 빛이 떠올랐다. 찬란한 빛은 루나를 닮았고 바다처럼 깊은 마력은 신성을 닮아 있었다. 루나의 몸에서 빛이 완전히 빠져나온 순간 충격파가 주변으로 뻗어나갔다.

콰가가가!

보호막이 깨지며 주변에 있던 신관들이 뒤로 날아갔다. 김 갑진은 간신히 버티고 서서 거친 숨을 내쉬고 있었다. 악신의 성에 있던 창문이 모조리 깨져 버렸고 아름다운 조각상들도 무너져 버렸다. 그러나 신성은 그런 것 따위는 전혀 눈에 들어오지 않았다.

루나의 몸 위에 떠오른 빛이 천천히 내려오며 루나의 품에 안겼다. 빛이 육체를 구성하며 아주 작은 아이의 몸으로 바뀌었다.

"아……!"

신성은 멍하니 그 광경을 바라보았다.

CHAPTER 4

가족

얼마나 시간이 흐른 것일까. 신성은 하염없이 아이를 바라보고 있었다. 루나의 품에 안겨 있는 아이와 신성의 눈이 마주쳤다.

눈이 마주친 순간, 신성은 아무 말도 할 수 없었다. 머리가 백지가 된 것 같았다.

정신을 되찾은 루나가 아이를 꼭 안고 신성을 바라보았다. 루나는 지친 표정이었지만 그 어느 때보다 환한 웃음을 지었다. 그 웃음에 신성은 간신히 정신을 차릴 수 있었다.

"우리 딸 예쁘죠?"

"아… 응."

루나는 신성력으로 만든 하얀 천으로 아이의 몸을 휘감았다.

어떻게 이 감정을 표현해야 할지 몰랐다. 신성답지 않게 잔뜩 얼어버린 모습으로 가만히 바라보고만 있었다. 그걸 본 루나가 다시 한번 소리 내어 웃었다. 악신이자 드래곤인 그가 잔뜩 겁먹은 것 같은 모습이었기 때문이다. 단 한 번도 본 적이 없는 모습이다.

몸을 일으킨 루나가 아이를 신성에게 건네주었다. 신성은 조심스럽게 받아 들고 아이를 바라보았다.

갓난아이의 모습이 아니었다. 이미 어느 정도 자라 있었다. 그것은 의식의 성숙을 이야기했다. 의식이 성숙할수록 몸이 성장하는 것이 바로 신이다.

아이는 태어날 때부터 신성을 지니고 있었다. 그리고 지금의 신성과 맞먹는 수준의 마력을 품고 있었다. 드래곤 하트를 닮은 아이의 심장에서는 신성력과 마력이 동시에 뿜어져 나오고 있었다.

그런 것과는 상관없이 신성은 아이가 너무나 예뻐 보였다. 신성을 닮은 황금빛 눈동자가 자신을 담고 있다. 신성이 미소 짓자 아이 역시 신성을 따라 웃었다. 신성은 아이의 웃음을 보고 아이가 심한 장난꾸러기가 될 것임을 확신했다.

루나가 신성의 옆으로 와서 신성의 어깨에 기대었다.

두드득!

그때 천장이 무너져 내리며 주변에 떨어졌다. 그제야 신성과 루나는 김갑진과 신관의 시선을 느낄 수 있었다. 김갑진은 그답지 않게 맑은 미소를 짓고 있었다.

"역사에 기록될 만한 탄생이군요."

김갑진이 옆으로 비켜서자 릴리스를 조각해 놓은 조각상이 옆으로 쓰러지며 박살 났다. 릴리스가 몇 시간 동안 고생해서 모델을 해준 것이었는데 허무하게 박살이 난 것이다.

"이 이야기를 어서 모두에게 알립시다!"

"직접 눈으로 보게 되다니 믿기지 않는군요!"

"허허! 새로운 신이 탄생하셨도다!"

신관들은 난리가 났다. 신관들의 몰골은 엉망이었지만 그런 것 따위는 상관없다는 듯 악신의 성을 이리저리 뛰어다니며 소란을 떨었다.

지하에 있던 릴리스가 올라왔다.

"무슨 소란이… 응?"

릴리스가 신성과 루나를 발견하고 다가왔다. 그러다가 신성의 품에 있는 아이를 보더니 멍한 표정이 되었다.

릴리스는 조심스럽게 다가와 아이를 바라보았다. 아이를 바라보는 눈이 심하게 반짝였다.

"오, 오오, 귀엽구나. 만져봐도 돼?"

릴리스가 묻자 루나가 고개를 끄덕였다. 릴리스는 천천히 아이의 볼에 손을 가져다 댔다. 말랑말랑한 느낌이 좋은지 릴리스의 표정이 풀어졌다. 더 용기를 내어 자신의 얼굴을 가져다 대는 순간이다.

"꺅!"

아이가 릴리스의 뿔을 잡았다. 깜짝 놀란 릴리스가 이마를 떼어내려 했지만 아이의 힘이 너무나 강력해 이도저도 하지 못하고 있었다. 신성이 아이에게 자신의 손가락을 쥐어준 후에야 릴리스는 간신히 벗어날 수 있었다.

"으으, 뿔이 부러질 뻔했어! 악신을 닮아 힘이 아주 장사로구나!"

릴리스는 자신의 뿔을 만지며 뒤로 물러났다. 그러다가도 다시 다가와 아이를 바라보았다. 에르소나와 그로라, 김수정이 허겁지겁 달려왔다.

그러다가 아이를 발견하고는 행동이 조심스러워졌다. 루나는 어찌할 줄 몰라 하는 모두를 바라보다가 아이를 향해 웃었다.

"이모가 많아서 좋겠네."

아이가 그 말을 알아들은 모양인지 손을 버둥거리며 환하게 웃었다.

신성의 모든 일정이 중단되었다. 신성의 관심은 오로지 아이에게만 쏠려 있었다. 아이의 옆에 꼭 붙어서 시간 가는 줄 모르고 아이를 돌봤다. 루나가 할 일이 전혀 없을 정도였다.

신성은 루나가 힘을 회복할 때까지 악신의 성에 머물다가 쉼터로 돌아왔다. 쉼터의 오두막에서 루나와 오붓하게 지내고 싶었기 때문이다.

신성은 모든 지식과 힘을 이용해 아이의 방을 만들고 드래곤의 상점에서 아이에 관련된 물품을 모조리 담았다. 오두막 창고를 몇 배나 확장시키고 나서야 간신히 모두 저장할 수 있었다.

신성의 최대 고민거리가 있었다. 아이의 이름을 짓는 일이었다. 신성은 세상이 망하기라도 할 것처럼 고민하고 있었다. 미리 지어놨어야 하는데 그러지 못한 과거의 자신을 죽이고 싶었다. 루나는 괜찮다고 하지만 생각해 보면 아이에 대해서 진지하게 이야기를 나눈 적이 별로 없었다.

갑자기 자괴감이 밀려왔다.

신성이 그런 고민에 빠져 있을 때 아이는 바닥을 이리저리 기며 집 안을 들쑤시고 있었다. 어떻게 올라갔는지 창문으로 나가려고 하는 것을 루나가 간신히 붙잡았다.

루나는 작게 한숨을 내쉬었다.

"으휴, 누굴 닮아서 이리 말썽꾸러기인지……."

"아부부."

"응? 아빠라고?"

"어마."

"역시 아빠지?"

"어마!!"

"그래, 알고 있어. 아빠구나."

루나는 환하게 웃으면서 아이에게 뽀뽀했다. 그리고 아이를 안아 들고 신성에게 다가왔다.

"가구를 다시 다 바꿔야 할 것 같아요. 다 부서졌네요."

"카록에게 연락해서 미스릴로 만들어야겠어."

"조금 과한 생각인 것 같은데… 그러는 편이 나을 것 같네요."

고민에서 간신히 깨어난 신성은 오두막을 바라보았다. 가구들이 다 부서져 있다. 내구력이 뛰어난 깃돌로 배치한 지 하루도 되지 않아서 모두 박살이 났다. 신성을 닮아서인지 아이의 스텟은 말도 안 되는 수치였다.

게다가 가끔 공중을 날아다니기도 하고 입에서 불이나 얼음, 또는 뇌전을 뿜어냈다. 아직 자신의 마력을 조절하지 못해 오두막이 날아가 버릴 뻔한 것을 신성이 막아내기도 했다.

신성은 다시 고민에 빠지기 시작했다.

"좋은 이름이 생각났나요?"

"아니, 아직……."

"급할 것 없어요. 성인이 되기 전에는 애칭으로 불러요."

"미안해. 내가 너무 관심이 없었어."

"아, 아니에요. 바쁘셨잖아요."

이름은 중요했다.

드래곤은 성인이 되고 나서 이름을 받았다. 신도 마찬가지였다. 정식으로 이름을 받기에는 아직 너무 어렸지만 그래도 신성은 고민하고 있었다.

"레아 어때요?"

"레아……."

루나의 말에 신성은 고개를 끄덕였다.

자신이 고민해 봤자 더 나은 이름을 찾는 건 힘들었다. 정식으로 이름을 부여한 것은 아니지만 이름이 정해지자 레아의 몸에서 빛이 뿜어져 나왔다. 불안정하던 마력이 제법 안정되었다. 레아는 눈을 깜빡이며 신성을 바라보았다. 신성이 부드럽게 웃자 레아도 따라 웃었다.

"음, 그럼 슬슬 요리를 해야겠네."

"부탁해요."

"그래, 오늘은… 음, 점심을 많이 먹었으니 5인분 정도만 해도 되겠지?"

"그럴걸요. 그래도 부족할 수 있으니 더 하는 게 좋겠어요."

"그럴까?"

레아의 먹성이 장난이 아니었다.

보통 아이와는 다르게 아주 잘 먹었다. 신들 사이에서 태어난 아이이니 특별할 것은 알았지만 드래곤의 특성을 진하게 물려받아 예상보다 훨씬 특별했다.

신성이 부엌으로 가자 레아가 눈을 반짝였다.

"아바."

"알았어. 조금만 기다려."

"아바!"

"고기 많이?"

레아가 손을 버둥거렸다. 루나는 할 수 없이 신성의 옆에서 레아를 들고 요리 과정을 보여줘야만 했다. 레아는 평소와는 다르게 얌전히 지켜보았다.

"착하네. 얌전히 있고."

신성이 그렇게 말하며 구운 고기를 레아의 입에 물려주자 레아는 입을 쉴 새 없이 오물거렸다. 그런 모습에 힘이 치솟은 신성은 용언까지 사용해 요리를 했다. 불길이 치솟고 빛이 반짝이자 레아가 대단히 좋아했다.

"후으!"

레아가 숨을 들이켜며 불을 뿜으려 하자 루나가 레아의 입을 막았다.

"그러다 다 타버린다? 그럼 오늘은 굶어야 해."

레아가 이해했다는 듯 가만히 있자 루나는 레아의 볼을 자신의 볼에 비볐다.

"너무 착해! 너무 귀여워!"

레아에게 뽀뽀 세례를 퍼붓는 루나였다.

시간은 빠르게 흘러갔다.

드래고니아는 급속도로 발전해 갔다.

발전의 속도는 계속해서 가속이 붙어 줄어들지 않았다.

순식간에 어비스의 중심에 마을들이 세워졌다. 드래고니아의 영토는 이제 어비스의 중심을 넘어 동부 지역까지 넘보고 있었다. 동부 지역에는 사막 오크들이 사는 곳이 있었는데 그 주변의 몬스터들은 비교적 레벨이 낮았다. 드래고니아를 침범할 만한 몬스터는 존재하지 않았다.

화이트 드래곤 사태를 겪으며 드래고니아에서 생활하게 된 아르케디아인들은 다시 지구로 돌아가지 않으려 했다. 드래고니아의 환상적인 환경이 그들의 마음을 붙잡았고 동부 지역이 열리며 레벨 업 루트까지 생겼기에 모두가 이곳에 머물고 싶어 했다.

김갑진이 드래고니아의 귀화 정책을 발표하자 엄청나게 많은 이들이 신청했다. 그 덕분에 대도시들의 인구가 급격히 빠져나가고 있었다. 엘브라스만이 예외였는데 에르소나가 신성에게 협조한 덕분이다. 신성이 엘브라스의 엘프들에게 드래고니아의 주민과 같은 자격을 보장해 주었기에 이탈은 없었다.

엘프들에게 드래고니아는 천국이라 불리고 있었다. 엘브라스보다 풍족한 자연환경은 엘프들의 마음을 사로잡기에 충분했다. 엘레나는 엘브라스로 돌아가지 않고 드래고니아에 머물고 있었는데, 그녀를 데리러 온 하이 엘프들도 하나둘씩 은근슬쩍 드래고니아에 눌러앉고 있었다.

집갑진은 거기서 멈추지 않고 관광 상품을 개발했다. 아르케디아인들이 아닌 일반인들을 대상으로 하는 관광 상품이었는데 쉼터에서 화이트 드래곤, 그리고 드래곤과의 결전이 있던 협곡으로 이어지는 코스였다. 아르케디아인들에게는 답답할 수도 있었으나 일빈인에게는 그야말로 짜릿한 모험이었다.

흔들리는 마차에서 거대한 몬스터들을 바라볼 수 있고 꿈속에서나 나올 법한 그런 환경이 펼쳐져 있었기 때문이다. 게다가 이벤트로 몬스터의 습격이라든지 납치라든지 하는 것들도 넣어서 대단히 비싼 가격임에도 예약이 꽉 찼다.

게다가 최근에는 지구의 유명 영화감독들과 계약을 체결해서 드래고니아를 무대로 영화가 만들어지고 있었다. 현재 만들어지고 있는 영화의 제목은 무려 '수호룡의 전설'이었다. 아르케넷에서 엘레나가 몰래 연재하고 있던 소설을 각색하여 촬영하고 있었다.

아무튼 그렇게 급격한 발전 속에서 또다시 몇 개월이 지났다.

드래고니아는 변해갔지만 쉼터는 여전히 예전의 모습을 대부분 간직하고 있었다. 건물은 깔끔하게 정돈되어 있었지만 낡은 느낌은 여전히 남아 있었다.

그런 쉼터에서 제법 떨어진 곳에 넓은 들판이 있었다.

황금을 녹인 것 같은 머리카락과 눈동자를 지닌 어린 소녀가 들판에서 거대한 붉은 뿔이 달린 소를 바라보고 있다. 이제 막 일곱 살 정도 되었을 것 같은 소녀였지만 표정은 무척이나 당찼다. 직접 만든 가죽옷을 입고 등에는 커다란 활을 메고 있었다.

"레, 레아, 돌아가자. 응?"

옆에 있던 거인족 소년이 불안한 듯 레아를 바라보았다.

"나만 믿어! 네가 발견한 붉은 뿔 들소! 역시 잡지 않을 수 없잖아? 희귀종이라고! 놈들의 코를 납작하게 해줄 기회야! 그리고 오우거 아저씨한테 팔면… 부자가 된다구!"

"그, 그래도 엄청 사납다고."

"토미, 걱정하지 마. 나도 사나워."

"아니, 그 말이 아닌데……. 그, 그래, 루나 님이 아시면 큰일 나. 또 엄청 혼날걸?"

레아가 토미를 바라보며 씨익 웃었다.

"갑진 삼촌이 그랬어. 아빠는 저지르고 생각해 본다고. 이곳도 아빠가 저지른 결과물이야. 수호룡의 전설 읽어봤지?"

"그렇긴 한데……."

"저지른 자가 승리한다!"

"레, 레아!"

레아가 붉은 뿔 들소 앞에 섰다. 붉은 뿔 들소는 드래고니아에서 성장한 레벨이 높은 동물 중 하나였다. 몬스터로 분류되어 있었는데 대단한 맛을 자랑해 비싼 가격에 팔렸다. 레아가 모습을 드러내자 붉은 뿔 들소가 콧김을 뿜어내며 레아를 바라보았다.

붉은 뿔 들소는 사납기로 유명해서 낯선 자가 다가오면 무조건 공격하는 습성이 있었다.

붉은 뿔 들소가 달려들었다. 레아는 황금빛 눈동자로 바라보다가 들소가 머리의 뿔을 휘두를 때 손을 뻗었다.

쿠웅!

큰 소리가 나며 붉은 뿔 들소의 몸이 들썩였다. 뒤로 조금 밀리기 시작한 레아가 힘을 주자 그대로 멈추었다.

레아와 붉은 뿔 들소의 힘겨루기가 시작되었다. 붉은 뿔 들소의 근육이 크게 팽창했지만 레아를 깔아뭉갤 수 없었다.

레아의 힘은 그만큼 대단했다.

거인족과 드워프의 모습을 보는 것처럼 체격 차이가 컸지만 레아는 전혀 밀리지 않았다. 오히려 붉은 뿔 들소가 서서히 뒤로 밀리고 있었다. 붉은 뿔 들소는 믿기지 않는 듯 레아를 노려보았다.

레아의 입가에 미소가 걸리는 순간이었다.

"샤이닝 헤딩!"

콰앙!

그대로 자신의 머리를 붉은 뿔 들소의 머리에 박아버렸다. 붉은 뿔 들소가 비틀거리다가 그대로 쓰러졌다.

"이겼다."

레아가 그렇게 말하며 뒤를 돌아 토미를 바라보았다. 토미는 경악하며 입을 떡하니 벌리고 있었다.

"세상에… 붉은 뿔 들소를 머리로 해치우다니… 네 머리는 돌인 거야?"

"아니야! 미스릴일 거야!"

"그, 그래?"

토미가 슬쩍 다가오며 레아의 옆에 섰다.

토미는 거인족이라서 레아보다 키는 훨씬 컸지만 싸움은 전혀 하지 못했다. 토미는 학자를 꿈꾸고 있었다.

꽃과 벌레를 연구하던 도중 붉은 뿔 들소를 발견한 토미는 다른 패거리의 아이들에게 그 사실을 말했지만 아이들은 믿지 않았다. 오히려 토미를 허풍쟁이라고 놀렸다.

그러나 레아는 토미의 말을 믿고 토미를 질질 끌고 추적해서 이틀 만에 붉은 뿔 들소를 발견하게 되었다. 집으로 돌아가면 루나에게 엄청 혼날 것은 이미 정해져 있는 사실이었다.

"레아, 고마워."

"뭐가."

"날 믿어줬잖아."

"넌 내 부하잖아. 부하를 믿는 건 당연하지."

"레아, 너 몇 살이지?"

"이제 한 살?"

외견은 어린 소녀였지만 실제로는 그보다 훨씬 어린 한 살짜리 여자의 부하가 된 토미였다. 토미가 한숨을 내쉬며 레아를 바라볼 때였다. 땅에서 진동이 느껴졌다.

레아와 토미의 표정이 굳어졌다. 저 멀리서 먼지를 만들어 내며 돌진해 오는 큰 뿔 들소의 무리가 보였기 때문이다.

붉은 뿔 들소는 큰 뿔 들소를 이끄는 우두머리였다. 큰 뿔 들소 무리는 우두머리를 잃고 광분하고 있었다.

"레, 레아!"

"도망치자!"

토미와 레아가 동시에 도망치기 시작했다. 큰 뿔 들소의 속도는 대단히 빨랐다. 보폭이 작은 것치고 레아도 빠른 편이었지만 들소 무리에 비할 수는 없었다.

"으, 으악! 바, 바로 뒤까지 왔어! 어, 어떡하지?"

"괜찮아!"

"방법이 있어?"

"저 밑에 깔리면 순식간에 죽겠지! 그럼 안 아플걸?"

"…으아아악!"

부활석이 있다고 해도 아픈 것은 변함없었다. 들소 무리가 레아와 토미를 깔아뭉개기 직전이었다.

[멈춰.]

누구도 거스를 수 없는 목소리가 들려왔다.

들소 무리가 그 자리에 우뚝 멈추었다. 마치 시간이 멈춘 것처럼 들소뿐만 아니라 흩날리는 먼지 역시 그 자리에 고정되어 버렸다.

검은 로브를 두르고 있는 사내가 레아 앞에 나타났다.

"어딜 갔나 했더니 또 말썽을 피웠구나."

"아빠!"

레아가 환하게 웃으며 신성의 몸에 달라붙었다. 화를 내려던 신성은 레아의 모습을 보고는 한숨을 내쉬다가 결국 웃을 수밖에 없었다.

"으, 으아악! 악신이시여! 용서를⋯⋯!"

"토미, 그런다고 너의 죄가 사라지는 건 아니란다. 이미 악신의 성 지하에 너의 자리가 준비되어 있지. 기대하는 것이 좋을 거야."

"으, 으윽! 잘못했습니다!"

"토, 토미는 관계없어! 내, 내가 데려온 거야."

신성은 토미의 앞을 막아서며 필사적으로 외치는 레아가 귀여웠다. 신성은 딸이 자신을 따돌리고 토미와 몰래 나간 것을 질투하고 있었다.

*   *   *

신성은 불안한 눈빛의 레아를 바라보았다. 어쨌든 일을 저지르긴 했는데 그 후폭풍이 두려운 것이다. 토미는 안절부절못하며 신성과 레아의 눈치를 봤는데 거인족답지 않게 상당히 유약한 인상이었다.

'거인족인데 학자를 꿈꾼다⋯⋯. 신기하군. 그로라가 자랑할 만해.'

토미는 그로라의 직속 부하이던 정예 전사의 아들이었다. 꽤 힘든 나날을 보내고 있었는데 드래고니아로 이주해 오고 난 후 학문에 파고들고 있었다. 거인족의 생활수준을 올리고 싶다는 포부를 가지고 있었다. 제법 기특한 생각이기는 했지만 어쨌든 신성의 마음에는 들지 않았다.

토미에게 시선을 두자 토미가 움찔거리면서 고개를 숙였다.

잠시 침묵이 내려앉았다. 레아는 신성을 바라보지 못하고 눈동자를 굴리고 있었다. 따끔하게 혼내는 것이 맞지만 신성은 그렇게 할 수 없었다. 레아를 보니 화가 모조리 풀려 버렸다.

신성은 들소 무리에게 시선을 옮겼다. 신성의 살기 어린 시선이 닿자 들소들이 덜덜 떨며 기절했다. 들소가 레벨이 높기는 하나 드래곤 피어를 감당하기는 힘들었다.

[돌아가라.]

신성이 용언을 사용하자 들소들이 움찔거리다가 꽁지가 빠지게 도망쳤다. 들소를 향해 거친 말이 나올 뻔했지만 참았다. 신성은 레아 앞에서 늘 바른 말을 사용하려고 했다.

신성은 무릎을 꿇으며 레아와 눈을 맞추었다.

"저건 네가 잡은 거니?"

"으, 응."

"힘들었어?"

"아니. 한 번에 잡았어."

레아가 대답했다. 여전히 신성의 눈치를 살피고 있었지만, 신성의 부드러운 얼굴을 보자 안심할 수 있었다. 신성은 레아의 머리를 쓰다듬어 주었다.

"역시 내 딸답군."

"그렇지? 아빠, 엄마한테는 비밀로 해주면 안 돼?"

레아가 간절한 눈으로 신성을 바라보았다. 신성은 피식 웃으면서 고개를 저었다. 그러자 레아의 얼굴이 울상이 되었다.

"잘못한 사람에게 벌을 주는 게 아빠가 하는 일인데?"

"으, 응."

"그래도 벌은 벌이고, 기왕 나왔으니 좀 있다 가자. 어차피 혼날 거면 후회 없이 놀다가 혼나야지."

레아가 환하게 웃으며 신성을 끌어안았다.

루나를 닮아 레아의 심성은 고왔다. 자신을 닮아 대책 없이 행동하고 꽤 거칠기는 하지만 착한 아이였다. 버릇이 나빠질 염려는 없었다.

루나는 대단히 엄격하게 레아를 교육하고 있었다. 풀어주는 것은 늘 신성의 몫이었다. 신성은 바닥에 혀를 내밀고 누워 있는 붉은 뿔 들소에게 다가갔다.

날카로운 도축용 칼을 꺼내자 레아와 토미가 다가왔다.

"내가 해봐도 돼?"

"가르쳐 줄까?"

"웅!"

"엄마한테는 비밀이다."

신성은 레아에게 마력 도축을 알려주었다. 용의 재능을 물려받아 레아는 순식간에 마력 도축을 익힐 수 있었다. 재능만 따지고 본다면 신성보다 더 뛰어날 정도였다.

토미는 마력 도축을 하는 장면을 보더니 안색이 나빠졌다.

"토미, 이것 봐! 뒷다릿살이야!"

"으, 으윽!"

"만져볼래?"

"나, 나는 괜찮아. 우욱!"

레아가 피가 줄줄 흐르는 뒷다리 살을 토미에게 들이밀자 토미의 얼굴이 새파랗게 변했다. 순식간에 도축이 완료되었다. 고기를 인벤토리에 넣고 물을 꺼내 레아에게 묻은 것들을 닦아주었다.

"이 근방에 좋은 곳이 있어. 그리로 가자."

"응!"

"아, 악신이시여! 저는 이만 돌아가……."

신성이 레아를 품에 안고 토미의 어깨를 잡았다. 그냥 이대로 놔두고 가고 싶었지만 어쨌든 레아의 친구이니 데려가는 것이 좋을 것 같았다. 물론 수상한 짓을 한다면 땅에 묻어버릴 계획 역시 있었다.

신성은 뇌전의 힘을 끌어올렸다. 뇌전이 치솟음과 동시에 순식간에 모습이 사라졌다.

콰앙!

벼락과 함께 도착한 곳은 넓은 호수였다. 바다처럼 넓은 호수에 레아가 눈을 반짝였다. 토미는 멀미가 나는지 헛구역질을 하다가 호수를 보고는 크게 놀랐다.

빼곡한 숲 안에 있는 호수는 쉼터와 제법 가까운 곳에 있었지만, 누구도 쉽게 들어오지 않는 곳이었다. 바로 신성이 엘프들에게 대여해 준 곳이기 때문이다.

신성이야 땅의 주인이니 마음껏 들어올 수 있었지만 다른 이들은 그럴 수 없었다. 그곳에는 에르소나가 가끔 휴가를 오는 곳이라 오두막이 지어져 있었다. 나무 형태 그대로 만들어진 오두막이다.

레아가 토미를 번쩍 들더니 바로 호수로 달려가 그대로 뛰어들었다. 토미는 익숙한 듯 체념한 표정이었다. 레아는 엄청난 근력으로 물을 헤집고 다니다가 자기 몸보다 더 큰 조개를 잡고는 신성에게 손을 흔들었다.

신성은 피식 웃고는 캠핑 키트를 꺼내 설치했다. 붉은 뿔들소 고기를 굽고 주변에 있는 풀을 뽑아 샐러드도 만들었다. 큰 소란에 놀라 모습을 드러낸 엘프들이 신성과 레아의 모습을 발견하고는 그대로 물러갔다. 레아는 엘프들 사이에서도 장난꾸러기로 유명했다.

신성은 고기가 어느 정도 구워지자 레아와 토미를 불렀다.

셋이 먹기에는 대단히 많았는데 레아의 식성이 워낙 좋으니 문제가 될 것은 없었다.

"맛있어?"

"응!"

세상을 다 가진 것처럼 웃는 딸을 보니 마음이 따듯해졌다. 신성이 그렇게 딸과 함께 오붓한 시간을 보내고 있을 때였다.

빠른 속도로 다가오는 거대한 신성력이 느껴졌다. 레아도 그것을 느꼈는지 고기를 입에 문 채로 굳어버렸다. 신성이 고개를 돌려 숲을 바라보았다. 숲에서 새들이 날아오르며 먼지가 치솟았다.

콰가가가!

대지를 가르며 등장한 것은 마력 엔진으로 움직이는 마차였다. 루나가 마차를 끌고 있고 김갑진과 에르소나는 마차에 간신히 매달려 있었다. 마력 엔진이 터져 나가며 화려한 연기가 치솟았다. 마차가 덜덜거리면서 신성의 앞에 와서 멈추었다.

김갑진과 에르소나의 얼굴이 파랗게 질려 있다. 루나가 천천히 마차에서 내렸다. 루나가 내리자마자 바퀴가 부서지며 마차가 바닥에 내려앉았다.

루나의 주변에서 감돌고 있는 기운이 엄청났다. 레아가 신성의 뒤에 숨으며 흔들리는 시선으로 루나를 바라보았다. 토미는 거의 기절 직전이었다.

신성은 루나의 마음을 알 수 있었다. 드래고니아는 안전했지만 그래도 루나는 레아를 걱정했다. 만약 레아가 다친다면 루나는 기절할지도 몰랐다.

레아는 그것을 잘 알고 있으니 더더욱 죄책감이 들 수밖에 없었다. 신성이 자신의 뒤에 숨어 있는 레아를 두 손으로 잡고 내밀었다.

루나가 레아의 앞에 섰다.

"할 말은 없니?"

"자, 잘못했어요."

"뭘 잘못했니?"

"숙제도 빼먹고 몰래 나간 거요. 그리고 초콜릿도 몰래 먹었어요."

신성은 자리를 피했다. 레아가 혼나는 걸 보면 마음이 아팠다. 신성이 마차 주변으로 다가오자 김갑진이 피식 웃으면서 신성을 바라보았다.

"딸바보시네요."

"너도 조만간 겪게 될걸."

"으, 음……."

김갑진은 딱히 부정하지 않았다. 에르소나는 그 모습에 몸을 부르르 떨었다. 에르소나는 악신의 성을 오가며 업무를 봤는데 김갑진과 릴리스의 핑크빛 분위기에 속이 쓰려 위장약을 챙겨 먹곤 했다.

루나가 울면서 레아를 끌어안았다. 둘은 세상이 무너져라 통곡했다. 따끔하게 혼낸 뒤에 늘 보는 광경이다.

에르소나가 레아를 상당히 귀여워하고 있어서 레아는 에르소나를 유독 잘 따랐다. 디아나와 릴리스와는 거의 친구처럼 지내고 있었다. 김수정을 제일 어려워했는데 김수정이 레아의 공부를 맡고 있기 때문이었다.

"그건 그렇고, 무슨 일이야? 레아를 찾으러 온 것 같지는 않은데."

신성의 말에 김갑진과 에르소나가 동시에 고개를 끄덕였다. 김갑진이 먼저 이야기를 꺼냈다.

"목표한 식량 저장률을 달성했습니다. 시간이 좀 더 걸릴 줄 알았는데 수확량이 예상을 훨씬 초과하더군요. 보존 마법을 걸어놔서 오래 보관할 수 있게 만들었습니다."

"벌써 그렇게 되었군."

김갑진의 말에 신성이 고개를 끄덕였다. 신성이 에르소나를 바라보자 에르소나가 입을 뗐다.

"지구에 마석 등장이 많아졌습니다. 병력을 파견해서 없애고는 있습니다만 고레벨 마석까지 등장하고 있습니다. 지금은 괜찮지만 이대로 더 늘어났다가는 지구에 피해가 생길 것 같습니다."

"마계가 예상대로 필사적이네."

어비스로 가는 입구가 막혔으니 마석을 의존할 수밖에 없었다. 마계에 겨울이 찾아온 지 1년이 넘는 시간이 지났다. 마계는 현재 추위가 점점 퍼져 꽤 힘든 상황일 것이다. 마족들은 필사적으로 마석을 파견해서 지구로 진출하려 하고 있었다. 자원 소모가 상당할 텐데 마석을 늘리는 것을 보면 마계의 상황이 얼마나 심각한지 알 수 있었다.

'마계가 모든 것을 쏟아붓는다면… 지구도 힘들어.'

하나라도 제대로 열리게 되어 필드 침식이 일어난다면 마족이 넘어올 수도 있었다. 마족의 힘으로는 불가능했지만 용신이 뒤를 봐준다면 이야기가 달라진다. 마석도 마족의 순수한 힘으로 만든 것이 아니었다. 신성이 파견의 보석을 만들수 있는 것처럼 용신이 전해준 기술이 분명했다.

마석을 대량으로 파견하는 것은 예상된 결과였다. 마족들이 무리하게 자원을 많이 사용하고 있었다. 지금이 바로 그정점을 찍고 있는 시기였다.

'이제 움직여야겠지.'

식량 저장도 목표치에 이르렀으니 슬슬 움직일 시간이었다. 에르소나는 병력의 훈련 상황을 알려주었고 악신의 성이 생산한 몬스터들의 활용 방안도 제시했다.

신성은 고개를 끄덕였다.

마계 침략을 할 때가 되었다. 마계라는 위험 요소를 제거해야 이 행복한 나날을 지켜나갈 수 있을 것이다.

"그럼 예정대로 움직이자."

신성의 말에 김갑진과 에르소나가 고개를 끄덕였다. 마계의 환경이 아무리 안 좋아졌다고는 하나 마족들은 강했다. 마계 전체와 정면으로 겨루기에는 아직 전력이 부족한 것이 사실이었다. 서로 파벌이 갈려 있지 않았다면 아마 어비스 점령은 이렇게 쉽지 않았을 것이다.

그리고 아르케디인들에게 신성이 있기는 하나 마족의 뒤에는 용신이 있었다.

"당분간 레아와 떨어져야 할 텐데 괜찮겠습니까?"

신성은 김갑진의 말에 대답하지 않고 레아를 바라보았다. 루나의 품에 안겨 있는 레아를 보니 마음이 무거워졌다. 신성의 심각한 표정에 에르소나는 작게 고개를 저었다. 신성은 현재 화이트 드래곤과의 싸움을 앞두었을 때보다 더 심각해 보였다. 신성은 한숨을 내쉬고 루나와 레아에게 다가갔다.

말없이 루나와 레아를 동시에 끌어안았다.

"오늘은 모두 불러 놀자."

"어쩔 수 없네요."

"와!"

신성의 말에 루나와 레아가 웃었다.

신성의 호출을 받은 신성과 연이 있는 주요 인원이 모두 호수 근처로 모이기 시작했다. 모두 가까이에 있어 무리 없이 모일 수 있을 것이다.

그로라는 토미의 한탄을 들어주면서 토미를 토닥여 주고 있고 릴리스와 레아는 이곳저곳 들쑤시며 다녔다.

"언니! 이거 봐라!"

"오! 멋지구나!"

레아가 불을 뿜자 릴리스와 엘레나가 감탄하며 손뼉을 쳤다. 나이 차이가 꽤 있었지만 셋은 또래 친구처럼 어울리고 있었다. 김수정이 디아나와 에루를 데리고 합류하자 주변은 완전 파티 분위기로 변했다.

"할아버지!"

"허허, 레아야! 여전히 말썽꾸러기로구나!"

숲을 둘러보고 있던 사르키오가 나타나자 레아가 사르키오에게 손을 흔들었다. 사르키오는 흐뭇한 표정으로 레아를 바라보다가 신성과 루나에게 인사했다. 사르키오는 써클 마법을 레아에게 알려주고 있었는데 레아는 벌써 대단한 수준에 도달했다.

신성이 루나를 바라보았다. 쉽게 말을 꺼내지 못했는데 루나가 먼저 입을 떼었다.

"언제 가실 건가요?"

"알고 있었어?"

"네. 생각보다… 그 시기가 빨리 왔네요."

루나는 불안한 표정으로 신성을 바라보았다. 신성이 마족에게 당할 리는 없었지만 마계에는 용신이 존재했다. 루나는 용신의 의지를 본 적이 있었다. 신을 뛰어넘는 그 존재감은 아직도 루나의 손을 떨리게 하고 있었다.

신성이 루나의 손을 잡아주었다.

"걱정하지 마."

신성은 가족을 지키기 위해서 무슨 짓이든 할 작정이다. 상대가 용신이든 뭐든 상관없었다. 악신과 가장 어울리는 마계에서 진정한 자신의 모습을 보여줄 것이다.

신성은 눈앞에 펼쳐진 광경을 바라보았다. 김갑진이 요리를 하고 있었는데 레아와 릴리스가 그에게 달라붙더니 그대로 호수로 달려가 빠뜨려 버렸다. 그 후 눈에 보이는 모두를 빠뜨리기 시작했다.

"우리도 가요!"

루나가 손을 뻗으며 말하자 신성은 고개를 끄덕이고 일어났다.

[요동쳐라.]

신성이 용언을 내뱉자 호수의 표면이 요동치더니 커다란 파도가 만들어져 모두를 덮쳐 버렸다. 에르소나와 김수정도 홀딱 젖어버렸다.

레아의 웃음소리가 듣기 좋았다.

*　　　*　　　*

다음 날.

신성은 마계로 떠날 준비를 끝마쳤다. 신성이 당분간 떠난다고 하니 레아가 신성을 끌어안고 한동안 놔주지 않았다. 신성은 간신히 침울해 있는 레아를 달래주었다. 일을 마치고 돌아와 지구로 나들이를 가자고 하니 겨우 웃으면서 신성을 보내주었다.

루나와 레아의 배웅을 받으며 신성은 쉼터를 나왔다.

"드디어 마계로 가는 것인가?"

릴리스가 모습을 드러냈다. 릴리스는 강한 기대감을 나타내고 있었다.

"그래. 기대해도 좋을 거야."

"음, 그럼 연락을 기다리겠어."

신성의 얼굴에 사악한 웃음이 지어지자 릴리스는 몸을 흠칫 떨었다. 그동안 레아와 지내면서 사라진 표정인데 다시 등장한 것이다.

신성은 오랜만에 본체로 현신했다.

하늘을 가르며 차원의 문 앞에 도착하자 마족의 모습으로 변신했다.

차원의 문 주변에는 준비해 놓은 많은 물품이 있었다. 드래고니아의 주민들은 물품을 옮기며 바쁜 하루를 보내고 있었다. 신성이 나타나자 모두 예의를 갖춰 인사했다.

'마계…….'

아르케디아 온라인 시절에는 마계를 자주 갔지만 실제로 가는 것은 처음이다. 어비스에 들어올 때처럼 상당히 기대되었다. 신성은 가볍게 몸을 풀고 차원의 문 안으로 들어갔다.

문밖으로 나오자 마계의 차가운 공기가 느껴졌다.

CHAPTER 5
드래곤과 마계

마계는 추웠다. 아직도 화이트 드래곤이 폭발한 영향이 남아 있었다. 조각난 화이트 드래곤의 드래곤 하트는 마계의 마력을 흡수하며 막대한 냉기를 뿌렸다. 용신의 권능과 신성의 모든 힘이 담겨 있었기에 향후 몇 년간은 사라지지 않을 것이다.

'레아가 이 광경을 보면 좋아하겠네.'

레아에게 크리스마스에 관해 이야기해 준 적이 있는데 눈을 보고 싶다고 말한 적이 있다. 신성은 그 말을 듣자마자 권능을 일으켜 쉼터를 전부 눈밭으로 만들었다. 대단한 추위에

코가 빨갛게 변하면서도 레아는 대단히 좋아했다. 루나 역시 좋아했는데 레아와 똑같은 천진난만한 미소를 지었었다.

'아주 큰 성을 지었지.'

그 생각이 나자 절로 미소가 떠올랐다. 신성은 고개를 돌려 저 너머를 바라보았다. 용신의 기운이 느껴졌다.

'아직 깨어나지 않았군.'

용신은 지금 잠들어 있었다. 아무래도 화이트 드래곤 사태 때 무리하게 깨어난 감이 있었다. 게다가 신성이 용신의 의지에 직접적으로 타격을 주었으니 당분간은 조용할 것이다.

용신의 상태는 정상이 아니었다. 전신에 극심한 상처를 입고 있었는데 그것이 회복되려면 상당히 긴 시간이 필요했다. 예전과 같이 봉인된 상태는 아니었지만 제대로 움직일 수 없을 것이다.

'그래도 방심할 수는 없어.'

용신은 신을 넘어선 최강의 존재였다.

상황은 분명 신성에게 유리했지만 썩 좋은 예감은 들지 않았다. 앞으로 험난한 여정이 기다리고 있을 것 같은 예감이 들었다. 과거 모든 것을 갖춘 최상의 상태에서도 간신히 이긴 것이 용신이다.

어차피 용신은 마계에서 벗어날 수 없었다. 차원의 문은 신성이 모조리 막아버렸고 마석이 남아 있기는 하지만 잘 막아내고 있었다.

누가 이기든 이곳에서 모든 것이 끝날 것이다.

'일단 드래곤 로드의 유산을 찾아야겠지.'

더 강해져야 했다.

드래곤 로드의 유산을 찾는다면 드래곤의 힘을 더욱 강하게 만들 수 있을 것 같았다. 악룡신으로 좀 더 안정적이게 변할 수 있다면 용신과의 정면 승부에서도 승산이 있었다.

신성이 지금까지 그렇게 레벨이 그렇게 올랐음에도 아직 별다른 변화가 없는 것을 보면 아무래도 드래곤 로드의 인정이 필요한 것 같았다.

신성은 드래곤 로드의 유산을 찾은 다음 마석 제작을 방해해 볼 생각이다. 그리고 드래고니아의 축적된 힘을 이용해 본격적으로 침략할 것이다.

'차근차근 진행하자.'

차원의 문 주변에 내려앉은 극심한 추위 덕분에 땅의 주인은 없었다. 마왕들조차 이 땅을 포기한 것이다. 주인이 없는 영지이니 신성이 습득하려 했지만 그렇게 되지 않았다. 지구나 어비스에도 그런 것처럼 마계에는 마계의 법칙이 있었다.

[영지를 확보하기 위해서는 마계가 인정한 계급이 필요합니다.]

[강제로 영지를 점령할 수 있으나 마계로의 침입으로 간주되어 마계의 공적이 될 것입니다.]

[마왕이 된다면 마을이나 도시를 건설할 필요 없이 영지를 확보하여 영지의 소유권을 주장할 수 있습니다.]

'마왕, 재미있겠군.'

마계에서 영향력을 행사하고 드래고니아에서 세운 전략을 제대로 펼치기 위해서는 마왕이 되어야 했다. 최소한 작위가 있는 마족이 되어야 마계의 영지를 소유할 수 있었다. 아르케디아 온라인에서는 마계 쪽으로 전향한 배신자들이 계급을 받고 영지를 얻곤 했는데 그것은 현실화된 지금도 유효했다.

물론 침략 전쟁 형태로 점거한다면 가능했지만, 마계의 마족들을 하나로 뭉치게 할 수도 있으니 지금은 자제해야 했다. 그들이 힘을 모을 수 있는 그런 계기를 제공하는 것은 사절이다.

일단 마왕이 되어서 영지를 습득해 마계를 정벌할 전초기지로 삼을 것이다.

용신은 이 모든 것을 유희로 생각하고 있었다. 그렇다면 신성도 용신과 마계를 박살 내는 것을 유희로 여길 생각이다.

'따지고 보면 용신을 잡은 것도 유희였지.'

게임이라는 유희였다.

신성은 고개를 돌려 드래곤의 눈으로 마계를 바라보았다. 용신과는 다른 드래곤의 기운이 느껴졌다. 드래곤 로드의 유산이 잠들어 있는 곳이 분명했다. 정확한 위치는 알 수 없었지만 대략적인 위치를 알았으니 방향은 정해졌다.

'이건……?'

신성의 눈에 차원의 문 주변에서 빛나고 있는 것들이 보였다.

바로 마족의 영혼이었다.

차원의 문 주변에 수많은 마족의 영혼이 남아 영롱한 빛을 뿌리고 있었다. 차원의 문은 일방통행이었으니 악신의 성으로 향하려던 영혼들이 차원의 문으로 모인 것이다. 마왕의 영혼도 보였는데 그럭저럭 괜찮은 힘을 지니고 있었다.

보통의 영혼과 형태 자체가 달랐다. 마치 얼음으로 된 보석을 보는 것 같았다. 신성은 영혼 하나를 손에 쥐어보았다. 대단한 냉기가 느껴졌다. 영혼은 얼어붙어 있어 어떠한 비명도 들리지 않았다.

악신의 성에서 불을 이용하여 악업을 정화하던 것처럼 이곳의 냉기가 영혼에게 막대한 고통을 주었고, 악업이 모두 얼어붙어 사라졌다.

참으로 먹음직한 영혼들이었다.

일부는 냉기를 버티지 못하고 소멸했지만 그래도 많은 영혼이 차원의 문 주변에 남아 있었다.

신성이 손을 뻗자 영혼들이 신성에게 흡수되었다.

[얼어붙은 마계의 영혼들을 획득하였습니다!]
*17,000S

[B]얼어붙은 마계의 영혼
오랫동안 강력한 냉기에 노출되어 얼어붙어 버린 영혼.
강력한 드래곤의 냉기는 영혼의 성질마저 바꿔 버렸다. 영혼에 스며든 기운은 모두 빠져나가고 그 자리를 냉기가 대신했다. 용언을 사용하여 얼어붙은 영혼으로 냉기 속성의 몬스터를 만들 수 있다.

*몬스터 제작 목록
[C+]얼음 구울(50S)
[B]얼음 해골(100S)
[B]얼음 병사(100S)
[B+]얼음 마녀(200S)
[B+]얼음 기사(200S)
[B+]얼음 골렘(400S)
[S]화이트 드래곤(100,000S, 드래곤 하트)

신성은 정보창을 보며 고개를 끄덕였다. 화이트 드래곤이 드래고니아로 진격할 때 데려온 몬스터도 보였다. 드래곤 하트와 막대한 얼어붙은 영혼만 있다면 용신이 그런 것처럼 화이트 드래곤도 만들 수 있었다.

화이트 드래곤이 어비스의 중심에서 어떻게 그런 몬스터를 만들어왔는지 알 수 있었다. 용신도 영혼을 다룰 수 있는 힘이 있었다. 그것은 신성도 마찬가지여서 화이트 드래곤이 만든 광경을 재현할 수 있었다. 아니, 화이트 드래곤 따위와는 비교도 되지 않은 광경을 만들 수 있을 것이다.

신성의 입가에 미소가 떠올랐다. 신성은 냉기를 끌어올리며 화이트 드래곤의 잔재에 쑤셔 넣었다. 그러자 추위는 더욱 심해지고 거대한 냉기를 머금은 토네이도가 생성되어 주변으로 뻗어갔다. 신성이 마계에 왔으니 마계는 지금보다 더욱 심한 추위에 시달려야 할 것이다.

'최대한 빨리 끝내고 레아에게 가야겠어.'

침략의 기틀을 마련하는 작업은 신성만이 할 수 있었다. 만약 그렇지 않았다면 신성은 레아와 즐겁게 지내고 있었을 것이다. 신성은 주머니에서 시계를 꺼내 스위치를 눌렀다. 그러자 레아와 루나의 사진이 나타났다.

'이렇게 일하는 게 싫기는 처음이네.'

신성은 피식 웃고는 드래곤 로드의 유산이 있는 방향으로 향하기 시작했다.

마왕이 되려면 어떻게 해야 할까?

신성은 릴리스에게 들은 적이 있다. 인간들처럼 왕위를 계승하거나 복잡한 인정을 받거나 해야 하는 것은 아니었다. 마왕이 되는 일은 비교적 간단했다. 마왕에게 도전해서 마왕을 죽이면 되었다. 릴리스가 추락한 것처럼 승자는 그 자리를 차지하고 마왕이 지닌 권능을 탈취할 수 있었다. 물론 파벌이 연결되어 있다면 그렇게 쉽게 왕위가 바뀌지는 않았다.

마계의 대표적인 파벌인 고리악의 파벌은 마계의 서부를 지배하고 있었다.

마왕 서열 5위 안에 든 이들은 마계의 가장 풍족한 중앙 지역을 나눠 가지고 있었고 나머지가 동부, 서부, 남부, 북부를 두고 다투고 있었다.

마계의 중심을 차지한 이들을 가리켜 중앙 마왕이라 불렀다. 그들은 강력한 권능으로 자신들만의 영토를 만들어가고 있었다.

남부 지역에 불어닥친 겨울은 마계에 전반적인 영향을 미치고 있었다. 남부 지역 세력들은 대부분 중앙 지역이나 서부 지역으로 흡수되었다. 고리악의 뛰어난 수완으로 인해 알짜배기들이 서부 지역으로 흡수되었는데, 고리악은 중앙 마왕을 넘보는 세력을 지니게 되었다.

남부 지역은 현재 겨울의 영향으로 주인 없이 비어 있기는 하지만 고리악의 세력이 주변에 주둔하고 있어 실질적으로 고리악의 영역이라고 보는 것이 맞았다.

릴리스는 본래 남부 지역의 일부를 통치하고 마족들의 신임을 받는 마왕이었다. 지금은 모든 것을 잃고 분해하고 있지만 말이다.

예전에는 꽤 살 만하던 남부 지역이 지금은 막대한 추위로 인해 누구도 살 수 없는 땅이 되어버렸다. 차원의 문을 통과하기 위해 원정을 온 많은 마족은 차원의 문을 통과하지 못하고 죽어버렸다. 그럼에도 불구하고 아직도 차원의 문을 포기하지 않는 세력이 많았다.

고리악 역시 그들 중 하나였다.

신성은 남부 지역과 서부 지역 사이에 있는 제법 큰 도시에 도착했다. 아르케디아 온라인에서 마계와 전투를 할 때 온 적이 꽤 있지만 이렇게 도시 가까이 다가가 본 적은 없었다.

처음 겪는 마계의 도시가 상당히 기대되었다.

[마왕 큐리아가 다스리는 '골든 하렘'을 발견하였습니다.]
[기이하게도 드래곤 로드의 권능이 느껴집니다.]
[드래곤 로드에 관한 단서를 찾을 수 있을지도 모릅니다.]

신성은 고개를 갸웃했다. 드래곤 로드의 유산을 찾아왔는데 이런 도시가 나타났고 드래곤 로드의 권능이 느껴진 것이다.

'마왕 큐리아와 관련이 있는 건가?'

이곳은 마왕 큐리아가 다스리는 도시였다. 의문이 생겼지만 도시로 들어가지 않고서는 그 의문을 해결할 수 없었다.

도시 주변은 상당히 북적이고 시끄러웠다. 도시 주변에는 수많은 병력이 있었는데 고리악을 상징하는 깃발을 들고 있었다.

'아무튼 제법 큰 도시로군.'

도시는 잘 정돈되어 있었다. 지금까지 지나오면서 본 마을은 대단히 허름하고 마족도 별로 없었지만 지금 눈앞의 도시는 그럭저럭 괜찮았다.

활짝 열린 도시의 입구로 갑옷을 입은 마족들이 시끄럽게 떠들면서 도시 안으로 들어가고 있었다. 일단 드래곤 로드에 대해 알아볼 겸 신성은 입구로 들어가기 위해 줄을 섰다.

"뭐야? 여기가 어디라고 껴들어?"

고리악의 병사들이 신성에게 다가오더니 신성을 뒤로 밀쳤다. 신성이 밀려나지 않자 병사들이 험악한 눈으로 신성을 노려보았다.

신성은 가만히 있을 뿐이다.

검은 로브를 깊게 눌러쓰고 있는 신성은 그리 큰 체격이 아니었다. 병사가 신성을 향해 주먹을 들 때였다. 누군가 그 병사의 주먹을 잡았다.

"아무리 고리악 님의 병사라도 이 이상의 소란은 불허합니다."

"망할 창녀 따위가 감히……!"

"부디 얌전히 머물다가 가시지요, 백부장님."

"퉤!"

병사가 침을 뱉고는 신성을 노려보더니 신성의 앞을 막아섰다.

'귀엽군.'

그런 병사가 귀엽게 느껴졌다. 자신에게 저런 태도를 보이니 색달랐다. 이래서 드래곤이 유희를 하는가 싶었다.

물론 자신을 공격했다면 그 팔을 천천히 갈아버렸겠지만 말이다. 병사를 말린 자는 이곳의 경비원이었다. 갑옷을 입고 있는 마족 여인이었는데 상당히 아름다웠다.

병사들 따위에게 그런 무시를 당하는 것을 보면 이곳은 그리 좋은 취급을 받는 곳이 아닌 것 같았다.

"외부인인가?"

신성이 고개를 끄덕이자 경비원은 신성을 따로 데려갔다.

그곳은 고리악의 군대가 드나드는 곳으로 신성과 같은 외부인
은 자주 폭행을 당한다고 한다.

경비원은 신성을 취조실로 데려갔다. 취조실로 향하며 많
은 경비원을 볼 수 있었는데 신기하게도 경비원이 모두 여성
이었다. 드래곤 로드의 기운이 미약하게 느껴졌다. 그랬기에
꽤 친근하게 느껴졌다.

"어디서 왔지?"

경비원이 날카로운 눈으로 신성을 바라보며 물었다.

신성은 강압적으로 나가려다가 경비원의 태도에서 악의가
없음을 알고 천천히 입을 떼었다. 드래곤 로드와 관련된 것이
분명한 이곳을 좀 더 조사해 보고 싶어 최대한 얌전히 대답할
생각이다.

"남부에서 왔습니다."

"남부라……. 고생이 많았겠군. 신분패는?"

"없습니다."

그녀는 고개를 끄덕이고는 신성을 바라보았다.

"로브를 벗어라. 얼굴을 확인해야겠다. 노예라도 적당히 대
우를 해주마. 지금은 일손이 부족하니 말이야."

그녀는 신성을 도망친 노예로 생각하고 있었다. 노예의 얼
굴에는 주인의 이름이 새겨져 있었는데 그것은 주인이나 그
보다 강한 자 이외에는 결코 지울 수 없는 낙인이었다. 도망쳐

서 여기까지 살아올 정도면 그럭저럭 쓸 만한 노예일 것이다.

그녀는 그렇게 생각했다.

스륵!

신성은 천천히 로브를 벗었다. 신성이 로브를 벗자 주위가 밝아진 것 같은 느낌이 들었다. 신성은 천천히 고개를 들어 황금빛 눈동자로 그녀를 바라보았다. 그녀의 눈동자가 크게 떠졌다. 그녀뿐만 아니라 주변에 있던 경비원들도 모두 몸이 굳어버렸다.

뒤에 서서 컵을 들고 있던 경비원이 멍한 표정으로 신성을 바라보았다. 그녀의 손에 있던 컵이 바닥에 떨어졌다.

[당신의 매력이 너무나 높습니다!]
[경비대장 레이나의 호감도가 25% 상승하였습니다.]
[경비원들의 호감도가 25% 상승하였습니다.]

신성을 이곳에 데려오고 취조하고 있는 여인이 바로 경비대장이었다.

신성은 그녀를 보며 미소 지었다. 그것은 너무나 눈부신 미소였다. 그 미소에는 마족들의 영혼마저 속박하는 매력이 존재하고 있었다. 신성을 본 모두가 두근거리는 심장 때문에 제대로 호흡을 할 수 없었다.

악신의 랭크가 상승하여 함락의 힘 역시 상승한 덕분이다.

* * *

신성은 레이나와 다른 경비원의 반응을 보며 이상하게 생각했다. 자신이 엄청 잘난 것은 알고 있었지만, 반응이 생각보다 훨씬 지나쳤기 때문이다. 취조실에 있는 모두의 눈길이 호의적으로 변했다.

신성은 이러한 점을 충분히 이용하기로 마음먹었다.

문제가 발생한다고 해도 마계에서 자신을 위협할 존재는 용신밖에 없었다. 레벨도 600을 바라보고 있으니 마왕조차 신성의 적이 될 수는 없었다. 신성의 힘은 레벨만으로 측정할 수 있는 것이 아니었다.

자신감이 없다면 결코 혼자 오지 않았을 것이다.

"크, 크흠."

레이나가 헛기침을 하며 간신히 마음을 진정시켰다. 신성과 눈이 마주치자 시선을 피하며 숨을 크게 내쉬었다. 마족의 모습인 신성은 마족에게 더욱 강한 힘을 발휘하고 있었다. 그것은 상대의 입장에서는 거의 저주 수준이었다.

경비대장 레이나는 누구에게나 차가웠다. 심지어 골든 하렘의 고위 관리에게조차 사무적으로 대했다. 그런 레이나가 이

런 반응을 보인다는 것을 안다면 경악을 금치 못할 것이 분명
했다.

"무슨 문제라도 있습니까?"

"아, 아닙니다."

"저는 악신의 신도 룬이라고 합니다. 노예는 아니지만 신분
을 증명할 길이 없군요. 도움을 주실 수 있으십니까?"

신성이 정중하게 묻자 레이나가 감정을 가라앉히며 입을 떼
었다.

"귀족이 아니시라면… 일반 신분패는 이곳에서 발급할 수
있습니다."

"다행이군요. 저……."

"경비대장 레이나입니다."

"레이나 님이시군요. 반갑습니다."

신성이 웃으며 손을 뻗자 레이나가 살며시 신성의 손을 잡
았다. 신성의 마력이 레이나의 몸에 깃들었다. 신성은 날카로
운 눈으로 레이나를 바라보았다.

'역시 드래곤의 기운이 있군. 대단히 미약하기는 하지만 제
법 강한 힘을 부여해 주겠지.'

신성의 마력이 몸에 들어온 순간 레이나가 휘청거렸다. 신
성은 태연하게 놀란 표정을 지으며 다급히 일어나 레이나의
몸을 부축했다.

"괜찮으십니까?"

"아……."

신성과 레이나의 몸이 밀착되었다. 레이나의 호흡이 거칠어졌다. 레이나는 어찌할 줄 몰라 허둥거렸다. 함락의 권능뿐만 아니라 신성에게 흐르는 강력한 드래곤의 피가 레이나를 사로잡고 있었다.

신성을 경계하는 마음이 모두 사라졌다. 레이나는 방금 만난 신성이 가족보다 더 친근하게 느껴지고 있었다.

'이 정도라면 시험해 봐도 되겠어.'

본래 드래곤 로드의 유산을 찾고 나서 일을 진행하려 했지만 시험 삼아 해보는 것도 나쁘지 않을 것 같았다.

신성은 그렇게 생각하며 거의 품에 안고 있다시피 한 레이나를 떼어냈다. 신성이 곁에서 떨어질 때까지 멍한 표정이었다. 레이나는 자신의 표정이 어떤지 깨닫고는 다시 헛기침을 했다. 레이나가 간신히 평정심을 유지하며 입을 떼었다. 그러나 그녀의 영혼은 이미 신성의 손아귀에서 벗어날 수 없었다.

"그, 그런데 이곳에는 어떤 용무로 오셨습니까?"

신성은 조용히 손을 펼쳤다. 신성의 존재감이 퍼져 나가며 레이나와 경비원들을 압도했다. 그녀들은 신성에게 마치 영혼이 빨려들어 가는 듯한 착각을 했다.

"때가 도래했습니다."

신성의 목소리는 웅장했다.

"악신께서 타락한 마계를 쓸어버릴 때가 곧 올 것입니다. 믿는 자에게는 안식이 있을 것이고 믿지 않는 자에게는 끝없는 고통만이 있을 뿐입니다."

신성은 레이나와 경비원들을 모두 한 차례씩 바라보았다. 신성의 황금빛 눈동자와 눈이 마주친 순간 그녀들의 의심이 모조리 날아가 버렸다.

"저는 악신의 명을 받고 남부 지역을 건너왔습니다."

"악신이라… 하시면……."

"마계는 악신의 분노를 살 만큼 타락하였습니다. 그 결과가 바로 남부 지역이지요."

신성의 말에 모두가 침을 꿀꺽 삼켰다.

본래 영지를 획득하고 실행할 계획이었지만 시험 삼아 해보는 것도 나쁘지 않을 것 같았다. 신성은 종교와 식량, 그리고 문화의 힘으로 마계에 혼란을 줄 생각이다.

어쩌다 보니 그 첫 상대가 바로 레이나와 이곳의 경비원이었다.

신성의 목소리는 너무나 달콤했다. 신의 목소리에는 함락의 권능이 담겨 있어 누구도 벗어날 수 없었다. 게다가 용언을 발휘하지 않았지만 신성의 목소리에는 지배의 힘이 깃들어 있었다.

신성은 경비대원들이 보기에 수상한 이방인이었다. 조사를 철저히 하는 것은 당연했다. 그러나 이곳 모두가 그런 생각은 잊은 채 신성에게 호감을 나타내고 있었다.

"남부 지역… 1년 전의 그 재앙을 말씀하시는 것이군요."

"네, 아주 많은 마족이 제물이 되었지요. 그럼에도 불구하고 아직 악신께서는 만족하지 않으셨습니다. 마계를 전부 얼음 덩어리로 만들겠다고 하셨지요."

"그게 정말입니까?"

신성의 말은 모두의 머릿속에 박혀 떠나가지 않았다. 믿을 수 없는 이야기라고 머릿속에서 이야기하고 있었지만 점점 이성이 잠식당하며 믿음이 싹텄다.

믿음이라는 것은 일단 생기게 되면 점차 그 크기를 불려갈 수 있었다.

신성은 조금씩 마력을 일으키며 모두를 압박했다. 신성은 경비대장과 경비원들의 표정이 공포에 물드는 것을 볼 수 있었다. 모두가 신성의 말에 자신이 공포를 느끼는 것으로 착각했다.

그럴수록 더 절박하게 신성을 믿게 되었다.

"진실은 아무리 감춰도 가려지지 않습니다. 악신께서는 과거에 위대한 예언자를 보냈지만 마계의 마왕들은 그를 무시했지요. 그 결과가 바로 남부 지역입니다. 그리고 이제 큰 고통만이 남아 있을 뿐이지요."

"예언자라면… 분명……."

그런 마족이 있기는 했다. 릴리스가 알려준 자 중에 그런 마족이 있어서 이런 내용을 꾸밀 수 있었다. 신성은 천천히 의자에서 일어났다. 그리고 두 팔을 벌렸다.

신성이 신성력을 끌어올리자 은은한 빛이 신성의 뒤에 나타나며 후광이 되었다.

"그러나 아직 희망이 있습니다. 악신의 반려이신 빛의 여신 루나 님이 마지막 기회를 주셨습니다. 모두 자신의 죄를 회개하십시오! 악신을 믿고 회개하는 자에게 구원이 있을 것입니다!"

신성의 모습이 구세주처럼 보였다. 레이나와 경비원들의 믿음이 마구 치솟았다.

[경비대장 레이나가 악신을 믿기 시작합니다.]
[레이나의 경비원들이 악신을 믿기 시작합니다.]

레이나가 조용히 눈을 감았다. 그 모습이 제법 아름다웠다.

[레이나가 죄를 고백합니다.]
[영혼력으로 레이나의 죄를 씻을 수 있습니다.]

악업은 신성이 관리했다. 영혼력으로 신도의 악업을 씻어 줄 수 있었다. 악업이 없다면 죽은 후에 루나의 품으로 갈 수 있었다.

신성이 레이나의 머리 위에 손을 올렸다. 그 모습이 너무나 신성해 모두가 침을 꿀꺽 삼키며 바라보았다. 레이나는 마음에 평화가 오자 깜짝 놀라며 신성을 바라보았다. 마음의 짐이 모두 사라지자 충만한 기쁨에 눈물이 뺨을 타고 흘러내렸다.

'마족들이 지구에 도착했어도 모두 사기를 당했겠군.'

신성은 의외로 잘 먹히자 조금 당황했다. 마족들은 의외로 휴먼족보다 감수성이 풍부한 것 같았다.

[레이나의 믿음이 100%가 되었습니다.]
[레이나가 악신의 광신도가 되었습니다.]

신성은 살짝 고개를 끄덕였다. 여기서 멈출 생각은 없었다.

신성은 인벤토리에서 책 한 권을 꺼냈다.

'그림으로 보는 위대한 예언서'였다. 마족의 문명 수준에 맞게 그림으로 친절하게 설명되어 있었는데 드워프 만화가를 섭외해서 만든 책이다. 드워프 만화가는 그 수준이 엄청나게 높았는데 신성마저 꽤 빠져들 정도였다.

신성은 레아를 위해 만화 동화를 세트로 주문한 적이 있었는데 레아보다 오히려 루나가 더 많아봤다. 새드 엔딩으로 끝나는 동화 때문에 루나가 울먹이는 것을 달래준 것이 생각난 신성이다.

[A]그림으로 보는 위대한 예언서

세상의 시작과 끝이 적혀 있는 예언서.

창세, 현세, 말세로 이루어져 있다. 신분이나 힘, 능력과 관계없이 모두가 평등하다는 사상이 담겨 있다. 장인 드워프가 그림을 담당하여 사실적인 묘사를 자랑한다.

어린아이라도 이해할 수 있는 내용이며, 악신의 권능이 담겨 있어 읽는 것만으로도 마음이 매료된다.

신성이 대량으로 찍은 책이다. 현재 드래고니아에 한가득 있는데 마계 전체에 뿌릴 생각이다. 지구의 종교를 참고하여 만들었기에 아마 마계에 큰 영향을 미칠 것이다.

누구나 악신 앞에 평등하다.

악신을 믿지 않으면 누구나 죽어서 엄청난 벌을 받는다는 것이 기본 내용이었다. 악신을 위해 죽는다면 모든 악업이 용서되며, 그 즉시 순교자가 되어 안식 속에서 잠들 수 있다는 내용 또한 존재했다. 이것은 시작에 불과했다. 드래고니아에서 준비한 식량은 악신의 은혜에 관한 설득력을 높여줄 것이다.

레이나가 물기 어린 눈으로 신성을 올려다보았다. 신성은 인자한 미소를 지으며 그녀에게 예언서를 건넸다.

"모든 것이 위대한 예언서에 나와 있습니다. 악신을 따르시면 그대의 영혼에 안식이 있을 것입니다. 믿으십시오. 믿는 자만이 구원을 얻을 수 있습니다."

그녀는 조심스럽게 예언서를 받아 들었다.

마계에서 책은 고가품이었다. 종이라는 개념이 없어 몬스터의 가죽으로 이루어진 경우가 대부분이었다. 당연히 지구의 기술이 들어간 책과 비교할 수 없었다.

신성이 준 책은 어느 마족이 보더라도 대단한 값어치가 있어 보일 것이다. 광택이 나는 표지, 그리고 얇고 매끈한 종이는 그야말로 혁명이었다. 이런 값비싼 것을 아무렇게나 주는 신성은 그야말로 성자로 보였다. 약육강식의 세계인 마계에서는 절대 볼 수 없는 모습이었다.

신성이 다른 경비원들한테도 예언서를 주자 경비원들이 감동한 눈으로 신성을 바라보다가 모두 진심으로 자신의 죄를 뉘우쳤다.

[골든 하렘의 취조실에서 마계 최초의 종교가 탄생하였습

니다.]

[마계 역사에 최초의 성지로 기록됩니다.]

[이곳으로 들어오는 모든 이가 성스러운 감정을 느낍니다. 자신의 죄를 부끄러워할 것입니다.]

취조실에 신성의 권능이 깃들었다. 허름한 취조실은 성역이 되었다. 시작은 미약하지만 끝은 창대할 것이 분명했다. 신성이 그렇게 만들 것이기 때문이다.

신성을 보는 모두의 눈빛에 존경이 깃들어 있다.

그녀들의 눈에는 신성이 위대한 선지자로 보였다. 실제로 영혼이 정화되는 것을 경험했으니 믿지 않을 수가 없었다. 악업이 씻긴 그녀들의 눈빛은 맑았고 육체의 전반적인 능력까지 상승했다. 게다가 암흑 속성까지 생겨나서 암흑 마력에 대한 재능이 개화되었다.

약간의 사기가 들어가 있기는 하지만 이 정도 혜택이 있으니 레이나에게도 상당한 이득일 것이다.

그 후 일은 일사천리로 진행되었다. 레이나는 신성에게 신분패를 발급해 주었고 직접 도시를 안내해 주었다. 사비를 털어 좋은 숙소까지 잡아주었는데 더 해줄 수 없는 것을 무척이나 안타까워했다. 신성에게 마계에서 쓸 수 있는 어둠의 마력 코인이 든 가죽 주머니까지 건네고서야 겨우 표정이 풀렸다.

도시는 제법 컸다. 마왕이 기거하고 있다는 성이 중앙에 있었고 그곳을 중심으로 여러 건물이 들어서 있었다. 건축 수준은 나쁘지 않았지만 생활수준은 좋지 않았다.

"도시 사람들은 모두 여자군."

레이나에게 묻자 성의를 다해 대답해 주었다.

"골든 하렘이 세워질 당시부터 이곳에서 태어나는 이는 모두 여자였습니다. 골든 하렘을 세운 이는 황금의 마왕이라고 알려져 있습니다. 그 혈통이 지금까지 이어져 이곳을 구성하고 있지요. 현 마왕께서는 가장 진한 혈통을 이으신 분입니다."

신성은 고개를 끄덕였다. 황금의 마왕이라는 존재가 대충 누군지 짐작이 되었다.

신성은 도시의 중심에 이르렀다. 그럴듯한 성이 보이고 그 주위를 기사들이 지키고 있었다.

도시의 외곽을 담당하는 레이나의 지위가 더 높았지만 기사들은 자부심이 대단한지 레이나에게 그저 살짝 인사만 할 뿐이다.

신성은 드래곤의 눈으로 성을 바라보았다. 그곳에서부터 드래곤의 권능이 느껴졌기 때문이다.

[S]드래곤 로드의 권능

드래곤 로드는 막대한 힘을 소모해 도시 전체에 권능을 새겨 넣었다. 로드의 권능으로 골든 하렘에서는 여성만이 태어나게 되었고, 드래곤 로드의 축복을 받아 모두 아름다운 모습으로 성장하게 되었다. 골든 하렘 소속의 마족은 보통의 마족보다 수명이 길며 미약하게나마 드래곤의 기운을 타고나게 된다.

골든 하렘의 모든 이가 다시 나타날 새로운 황금의 마왕을 기다리고 있다.

드래곤 로드의 조언

"이것이 바로 내가 죽음을 각오한 이유라네! 후계여, 그대를 위해 준비했도다!"

신성은 잠시 침묵을 지켰다.

권능에서부터 드래곤 로드의 결연한 의지가 느껴졌기 때문이다.

신성은 아직도 남아 있는 드래곤의 권능을 없앨 수 있었지만 그렇게 하지 않았다.

이곳에 대한 궁금증이 풀렸다. 드래곤 로드가 직접 세운 곳이니 그의 기운이 느껴진 것은 당연했다. 드래곤 로드가 자신을 이리로 이끈 것 같았다. 유산을 향해 가다 보니 도착한 곳이 바로 이곳이었으니 말이다.

'내게 바라는 것이 있는 건가?'

드래곤 로드가 순순히 자신의 유산을 내줄 것으로 생각하지는 않았다. 도시의 중심에서 벗어나 숙소에 이르자 레이나가 정중히 고개를 숙였다.

"죄송합니다. 오래 자리를 비워서… 이만 가봐야 할 것 같습니다."

"그렇군요. 오늘 일은 정말 감사합니다."

"아, 아닙니다. 제 영혼이 구원을 받은 것에 비한다면 아무것도 아닙니다."

구원이라고 생각할 수도 있었다. 그녀는 악신의 성으로 향하는 것이 아닌, 루나의 품에서 잠들 수 있으니 말이다.

"레이나 님, 부탁이 있습니다."

"말씀하십시오."

"저는 악신의 의지를 모두에게 알리고 싶습니다. 적당한 자리가 있을까요?"

신성의 말에 레이나는 잠시 생각하더니 입을 떼었다.

"제가 자리를 주선해 드리겠습니다."

"감사합니다. 악신께서 축복하실 것입니다. 악업이 쌓인다면 악신께 기도하십시오."

신성은 레이나의 어깨를 두드렸다.

"폐가 되지 않는다면… 또 뵙고 싶습니다."

"제 방문은 언제나 열려 있습니다."

신성의 말에 감동한 레이나는 신성에게 깊게 인사한 후 물러갔다.

신성의 입가에 미소가 서렸다.

'재미있어지겠군.'

앞으로의 일이 기대되었다.

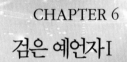

CHAPTER 6

검은 예언자 I

서두를 것은 없었다. 여유를 가지고 일을 진행해도 결코 늦지 않았다. 레이나와 헤어진 후 신성은 홀로 골든 하렘을 더 둘러보았다. 검은 로브를 깊게 눌러쓰고 있어 시선이 모이거나 하지는 않았지만 워낙 매력이 높은 탓에 마족들이 다가오곤 했다.

　'열악하군.'

　골든 하렘은 서부와 남부의 중간 교역 도시로서 마계에서도 생활수준이 높은 곳에 속한다고 한다. 그러나 신성이 봤을 때는 호칸보다 조금 나을 뿐이지 결코 좋다고 평가할 수 없었다. 이곳에 마족이 아닌 일반인이 살았다면 아마 제대로 살아갈 수 없었을 것이다. 신성은 과일 상점 앞에 섰다. 과일은 윤기가 없고 모두 쭈글쭈글했다.

평민으로 보이는 여성 마족이 팔고 있었는데 대단한 추위에도 불구하고 얇은 천 옷을 입고 있었다. 몸을 오들오들 떨고 있었지만, 떠는 것 말고는 별다른 방법이 없어 보였다.

"어, 어서 오세요."

신성이 과일을 바라보자 겨우 웃는 낯으로 입을 떼었다. 신성은 고개를 들어 여인을 바라보았다. 그녀의 곁에는 어린아이들이 붙어 있었다. 여인의 아이들로 보였다. 신성이 그나마 괜찮은 과일을 집으려 할 때였다. 고리악의 병사로 보이는 자들이 오더니 과일을 집어 먹고 인상을 찌푸렸다.

"퉤! 이딴 걸 왜 파는 거야?"

"하하하, 황금의 도시라고 누가 지껄인 거지? 창녀의 도시구먼!"

"하하하!"

고리악의 병사는 과일을 마구 손으로 눌렀다. 과일이 터지며 즙이 흘러나왔다. 새파랗게 질린 여인을 섬뜩한 미소를 지으며 바라보았다.

"얼굴이 제법 반반한데?"

고리악의 병사는 품에서 어둠의 마력 코인을 꺼냈다. 10C였는데 여인의 눈앞에서 흔들었다. 의도는 명확했다.

"어때? 이 정도면 하룻밤 정도는 따듯한 곳에서 잘 수 있을 걸?"

여인이 덜덜 떨며 고개를 젓자 병사는 인상을 찌푸리더니 가게를 부수기 시작했다. 여인은 비명을 지를 힘조차 없는지 그저 아이들을 안고 몸을 떨 뿐이었다.

신성은 주위를 둘러보았다. 도와주는 이가 있을 리 없었다. 마계라는 곳이 어떤 곳인지 실감이 났다.

"그만하십시오. 악신께서 모두 보고 계십니다."

신성이 점잖게 말하자 병사들이 하던 일을 멈추고 신성을 바라보았다.

"넌 뭐야?"

"이곳 놈은 아닌 것 같은데?"

신성이 조용히 손을 뻗으며 입을 떼었다.

"악신의 신도입니다. 지금 그만두신다면 악신께 당신들을 용서해 달라고 기도드리겠습니다. 그러니 물러나시지요."

"악신?"

"하하, 그딴 신이 있었나?"

"바보 아니야? 고리악 님이야말로 신이다!"

병사들은 악신을 모욕하며 비웃었다. 신성은 그들에게 쌓인 악업이 크게 부풀어 오르는 것을 볼 수 있었다. 악업을 지배하고 관리하는 신을 욕했으니 그것보다 더 큰 죄는 찾아보기 힘들 것이다.

"지금이라도 늦지 않았습니다. 악신께 무릎을 꿇고 용서를 비십시오. 그리고 악신께 자비를 구하십시오."

"이거 완전 미친놈이네?"

"악신? 개 같은 소리 하네. 악신이라는 놈에게 내 똥구멍이나 닦으라고 해라. 하하하!"

주변을 지나던 이들이 가던 길을 멈추고 신성 쪽을 지켜보고 있었다. 병사들이 신성에게 폭력을 가하려 할 때였다. 신성이 살짝 살기를 일으키자 병사들이 움찔했다. 병사들은 자신이 왜 몸을 떨고 있는지도 알아차리지 못했다.

"악신께서 노하셨습니다. 당신들에게 커다란 저주가 찾아갈 것입니다."

"이, 이런 미친……."

"야, 그, 그냥 가자."

신성에게서 느껴지는 불길한 기운에 병사들이 주춤거렸다.

"악신의 저주를 두려워하십시오! 용서를 빌기에는 이미 늦었습니다!"

신성의 외침이 주변에 있는 모두에게 들렸다. 병사들은 자신이 겁먹었다는 것에 자존심이 상했는지 침을 뱉고 욕을 한 바가지나 하고 물러갔다.

소문은 무서운 법이다. 신성은 씨익 웃으며 정보창을 불러왔다. 자신을 모욕했으니 저주를 내릴 수 있었다. 계시 탭을 조작하여 저주 목록을 살펴보았다.

[B]암흑 벌레의 저주

암흑 마력으로 이루어진 벌레가 대상자의 몸에 기생하여 살과 뼈를 갉아먹는다. 엄청난 고통을 느끼지만 암흑 마력이 자체적으로 중요 부위를 치료해 아주 천천히 고통스럽게 죽어가게 만든다.

일정 이상의 악업 수치를 지닌 자에게만 저주를 내릴 수 있다.

[C]고갈의 저주

마력이 고갈되는 병을 부여한다. D랭크 이상의 항마력이 존재하지 않으면 모든 마력이 사라지게 된다. 모든 마력이 고갈되면 서서히 육체가 붕괴하고 육체가 붕괴하는 과정에서 저주 대상자는 끔찍한 모습으로 변한다.

일정 이상의 악업 수치를 지닌 자에게만 저주를 내릴 수 있다.

딱 알맞은 저주가 존재했다. 악신을 모욕했기에 악업 수치도 상당히 높아 저주를 걸 수 있었다. 신성은 저주를 걸고 창을 닫았다. 신과 관련된 정보창은 루나와 신성만 볼 수 있기에 누구도 눈치채지 못했다. 신성은 고개를 돌려 여인을 바라보았다. 여인은 망연자실한 표정으로 망가진 과일을 치우고 있었다.

신성은 레이나가 준 가죽 주머니에서 어둠의 마력 코인을 꺼내 여인에게 내밀었다. 신성이 건넨 것은 50C로 이곳 물가로는 상당히 큰 금액이다. 10C가 하룻밤을 따뜻하게 보낼 수 있는 금액이니 말이다.

"저, 저는……."

"오해하지 마십시오. 악신께서 당신의 의지를 축복하고 계십니다."

신성은 조심스럽게 그녀의 손에 어둠의 마력 코인을 쥐어주었다. 아이들을 보니 레아가 떠오르기도 했다. 신성은 예언서를 꺼내 그녀에게 주었다. 그녀는 화들짝 놀라며 예언서를 받았다.

"당신 가족과 당신의 지인들에게 전도하십시오. 그렇게 한다면 악신께서 준비해 놓으신 안식에 들 수 있을 것입니다."

여인은 고개를 끄덕였다.

신성은 여인에게 이곳의 정보를 물어보았다. 여인은 알고 있는 것을 신성에게 모두 말해주었다.

골든 하렘은 마계에서 유일하게 힘의 전의라는 의식을 통해 마왕의 힘과 도시의 통치권을 물려주는 곳이었다. 가장 순결하고 아름다운 여인만이 골든 하렘을 다스릴 힘을 얻을 수 있었다. 때문에 골든 하렘을 다스리는 마왕은 언제나 순결했다. 현재 골든 하렘을 다스리는 여인은 마계에서 가장 아름답다고 소문이 난 마왕 큐리아였다.

그러나 얼마 전부터 통치권이 넘어갔다는 소문이 돌았는데 고리악의 직속 부하이자 고위 마족인 아론 백작이 골든 하렘에 입성하고 나서부터였다.

아직 골든 하렘에 마왕 큐리아가 있기는 하지만 고리악이 골든 하렘을 꿀꺽 삼키고 있다고 보는 것이 맞았다. 도시 주변에 주둔하고 있는 고리악의 병사들을 보면 누구나 추측할 수 있었다.

골든 하렘은 본래 중립 지대였다. 남부와 서부의 완충지대 역할을 하며 번영한 도시였다. 황금의 도시라고도 불릴 정도로 대단한 부를 자랑했다. 그러나 지금은 그런 모습을 찾아볼 수 없었다. 많은 재물과 자원이 고리악의 군대에 넘어갔고 지금도 계속해서 고리악에게 빼앗기고 있는 상황이었다.

명목상은 중립 지대이기는 하지만 이미 고리악의 세력에 흡수된 것이나 마찬가지였다. 도시 주변에 병력을 집결시켜 놓고 협박을 일삼고 있으니 버텨낼 방도가 없었다.

'고리악이 큐리아를 아내로 맞이하려 한다는 것을 들은 것 같군.'

그것은 여인이 말해준 것이 아니라 주변에서 들은 소리였다. 큐리아의 목을 치지 않고 제법 얌전하게 구는 것을 보면 신빙성이 있었다.

골든 하렘의 통치자를 얻는다면 이곳의 모든 여인을 가질 수 있다고 한다. 고리악은 이 골든 하렘을 파괴하지 않고 많은 미인을 취하려 하고 있는 것이다. 신성의 추측으로는 고리악은 골든 하렘을 발판 삼아 본격적으로 중앙 지역 진출을 이루려는 것 같았다.

'그렇게 되면 드래곤 로드는 죽 쑤어 개 준 꼴이 되는 건가?'

드래곤 로드가 살아 돌아온다면 마계를 멸망시키려 할지도 몰랐다. 하지만 신성에게는 그다지 상관없는 이야기이기도 했다.

신성은 루나가 있기 때문에 다른 여자에게는 관심이 없었다. 루나는 늘 상관없다고 말하지만 신성은 김수정의 마음도 받아주지 않고 있었다. 에르소나를 함락시키라는 퀘스트도 수행하지 않고 있었다. 좋은 보상이 있음에도 말이다.

아르케디아와 지구의 관념은 달랐다. 하지만 자신에게는 아직 인간의 정신이 남아 있는 모양이다.

'아무튼 드래곤 로드가 이리로 날 이끈 것을 보면 그냥 넘어갈 수는 없겠군.'

골드 하렘 따위는 관심 없었지만 드래곤 로드가 유산을 넘겨주지 않을 수도 있었다.

사악한 조언
"고리악의 뒤통수를 쳐서 골드 하렘을 꿀꺽하자!"
"루나에게 미안하지만 큐리아를 받아들여 드래곤 로드의 유지를 잇자!"

딱히 내키지 않는 조언이 떠올랐다.

신성은 눈물을 보이는 여인을 다독여 준 후 레이나가 마련해 준 숙소로 돌아왔다.

골든 하렘에서는 그나마 좋은 숙소였지만 시설은 형편없었다. 음식은 그저 탁한 물에 식량 가루를 탄 것과 말라비틀어진 과일이 일반적인 식사였다.

제일 고급스러운 요리는 몬스터 고기 몇 점이 나오는 것이 전부였다. 그것도 질겨서 도저히 먹을 수 없었다.

신성은 방으로 돌아와 인벤토리에서 재료를 꺼내 요리를 해 먹었다. 마족의 몸이 되니 미각이 더 발달한 느낌이 들었다.

고기의 육즙을 음미하며 먹고 있을 때였다.

[고리악의 병사들이 저주의 고통을 느낍니다.]

[고리악의 군대에 악신에 대한 소문이 떠돌기 시작합니다.]

[골든 하렘의 성역에서 저녁 기도가 시작되었습니다. 신앙심(마력 코인), 또는 영혼력을 소모하여 그들에게 축복을 내려줄 수 있습니다.]

신성의 정보창에 기도가 적혀 올라왔다. 그들의 기도는 신성 랭크의 경험치를 올려주고 있었다. 절박함 때문인지 어비스나 지구에 있는 악신의 신도들보다 더 많은 경험치가 오르고 있었다.

신성은 소량의 곡물을 계시를 통해 내려주었다. 드래고니아에는 널려 있는 곡물이지만 마계에서는 마왕이나 먹을 법한 질 좋은 곡물이었다.

[레이나가 감동하여 눈물을 흘립니다. 레이나의 호감도가 100%를 초과하여 130%가 되었습니다.]

[레이나가 맹목적인 광신도가 되었습니다.]

[경비원들의 신앙심이 상승하였습니다.]

[하층민들 사이에 악신의 축복에 관한 소문이 돌기 시작합니다.]

'음, 이렇게 된 거, 주신의 자리를 노려볼까?'

신성은 그런 생각을 하며 피식 웃었다. 주신의 자리에 올라서 마계를 지옥으로 만들어 써먹어도 괜찮을 것 같았다.

*　　　*　　　*

신성은 골든 하렘에 머물렀다. 레이나가 골든 하렘의 간부와 연결해 주었지만 간부는 일이 바쁘다는 핑계로 만남을 미루고 있었다. 고리악의 엉덩이를 핥느라 바쁜 것이다.

이곳이 드래곤 로드와 인연이 없었다면 이곳을 없애 버리는 방향으로 생각했을 것이다.

'천천히 즐기면서 하자.'

급할 것은 없었다. 종교 침략은 이제부터 시작이기 때문이다. 종교의 무서운 점은 믿음을 타고 영지와 상관없이 퍼져 간다는 점이다. 아무리 방어를 한다고 해도 퍼지는 것을 막을 수 없을 것이다. 게다가 이런 절망적인 마계의 상황에서 나타난 희망은 마족들의 이성을 마비시키기에 충분했다.

신성은 며칠 동안 골든 하렘에서 포교 활동을 했다. 과거 지구에서 많이 봐온 공격적인 포교 활동이었는데, 그것을 모방하여 거리를 돌아다니며 예언서를 읽었다. 비웃거나 무시하는 자들에게 저주를 내리는 것을 서슴지 않았다.

어느 정도 인원이 모이게 되면 곡식을 소량 나눠 주고 사람들을 더 끌어 모았다. 물론 고리악의 병사들이 와서 행패를 부렸지만 그 병사들은 모조리 저주를 받아 처참한 꼴이 되었다. 온몸이 부풀어 썩었고 고통에 찬 비명을 지르다가 결국 죽어버렸다.

그런 일이 몇 번 있고 나니 고리악의 병사들은 신성을 건드리지 않게 되었다. 레이나와 경비원들은 은근히 신성을 지원해 주었고 과일 가게의 여인이 여러 지인에게 소문을 퍼뜨렸다. 악신을 믿고 기도를 하면 식량을 내려준다는 소문을 말이다. 처음에는 모두 믿지 않았지만 정말로 효과가 있자 신도들이 폭발적으로 늘어났다.

골드 하렘의 하층민들이 신성이 포교 활동을 할 때면 무수히 몰려오게 되었다.

신성은 오늘도 몰려든 하층민들을 자애로운 눈으로 바라보았다. 신앙심으로 충만한 하층민들은 신성의 신성 랭크를 상승시켜 주고 있었다. 하층민이라고는 하지만 대부분 아리따운 여인들이었다. 신성도 어쨌든 남자인지라 제법 흡족한 마음이 들었다. 그래서 신성의 목소리는 더욱 부드러웠다.

"모두 귀 기울여 들으십시오! 예언서에 악신의 말씀이 적혀 있습니다! 말세록 1장 12절! 길 잃은 자들이여! 내게 오라! 내가 너희의 따듯한 등불이 되어줄 것이다! 배고픈 자들이여! 내게 오라! 내가 너희를 배불리 먹여줄 것이니……!"

모두가 신성을 지켜보았다.

신성의 말은 너무나 거룩하게 느껴졌다. 신성이 손짓하자 과일 가게의 여인이 항아리 하나를 가져왔다. 항아리에는 눈이 담겨 있었는데 모두 꽁꽁 얼어 얼음이 되어 있었다.

신성이 항아리에 손을 넣었다. 그리고 조용히 눈을 감으며 예언서에 적힌 기도문을 읊었다. 신성은 슬쩍 인벤토리를 열어 생선을 항아리에 쏟아부었다. 그러자 항아리에 생선이 가득 차는 것도 모자라 주변으로 쏟아져 내렸다.

"우아아아!"

"아, 악신의 은총이다!"

"축복을 내리셨도다!"

"무, 물고기야! 물고기!"

바다가 없고 강조차 적은 마계에서 물고기는 무척이나 귀한 식량이었다. 그런 물고기가 바닥으로 흘러넘치고 있으니 하층민들이 이성을 잃는 것이 당연했다. 잠자코 지켜보고 있던 작위를 가진 귀족들도 경악했다.

마법이라면 누구나 쓸 수 있었지만 식량을 소환하는 마법 따위는 존재하지 않았다.

기적이었다.

마법적인 흔적 또한 없었고 더군다나 마계에서는 찾아보기 힘든 저렇게 튼실한 물고기들이 넘쳐나고 있었다.

마법을 넘어선 신의 기적이라고밖에 생각할 수 없었다.

펄떡펄떡.

물고기가 꿈틀거리더니 바닥을 세차게 차며 솟아올랐다.

물고기는 너무나 신선했다. 인벤토리 안에서는 시간이 아주 천천히 흐르니 인벤토리에 넣어서 온 물고기가 아직 살아 있었다. 게다가 용언으로 특수 처리를 해서 물에서 방금 건진 것처럼 생명력이 넘쳐났다.

신성은 팔뚝만 한 물고기 하나를 잡아 무릎을 꿇고 있는 하층민에게 건넸다. 하층민은 떨리는 손으로 물고기를 받아 들고 눈물을 흘렸다.

신성은 조용히 손을 모았다.

"악신을 믿으십시오! 악신께서는 여러분을 버리지 않습니다!"

신성은 앞을 보지 못하는 여인에게 다가갔다. 식량을 구하기 위해 몸을 팔던 골든 하렘의 여인이었는데 폭행을 당해 시력을 잃은 것이다.

신성은 그럴듯하게 기도문을 읊고 하늘을 바라보며 신성력을 일으켰다. 그러고는 여인이 눈가에 두르고 있는 피 묻은 붕대에 손을 올려놓았다. 신성의 치유 마법에는 부작용이 있었지만 그 효과는 대단히 높았다.

붕대를 풀어주자 멀쩡한 눈이 모습을 드러냈다.

"보, 보인다! 보인다! 꺄아아악!"

눈이 회복된 여인은 흥분이라는 부작용에 시달렸지만 그 흥분은 기쁨으로 보일 뿐이었다. 마족들은 상대적으로 치유 마법에 약했는데, 이 정도 치유는 서열 5위권의 마왕도 할 수 없었다.

저 멀리서 지위가 높은 자들이 쑥덕거리는 것이 보였다. 처음에는 별것 아니라 생각했을 것이다. 그러나 이 정도의 기적을 본다면 저들도 무시할 수 없었다.

'어떻게 나오려나?'

이미 불이 붙었다. 불길을 잡을 상황은 지났다. 그 불길은 박해를 받을수록 더욱 거세질 것이다. 믿음이 죽음의 두려움을 극복하게 만들 테니 말이다.

신성은 예언서를 읽으며 악신 앞에 모두가 평등하다는 사상을 전파했다. 모두 사랑받을 자격이 있고 악신을 믿고 복음을 전파하여 믿음을 행한다면 이곳에서 얻지 못한 안식을 내세에서 누릴 수 있다고 말했다.

하층민들은 물론이고 현재 고리악의 병사들 사이에서도 악신을 믿는 자들이 생겨나고 있었다. 지금은 비록 체제에 영향을 줄 정도는 아니지만 점차 이 사상이 퍼져 나간다면 마왕 통치 체제를 무너뜨릴 힘이 되어줄 것이다.

골드 하렘의 하층민과 고리악의 병사들이 신성을 검은 선지자, 혹은 검은 예언자라 부르기 시작했다.

*   *   *

검은 예언자의 이야기는 골든 하렘을 넘어 마계 곳곳에까지 이르게 되었다. 고리악의 병사들 사이에서도 큰 영향력을 발휘해 티는 내지 않았지만 악신을 믿는 자들이 많아졌다. 밤마다 기도하면 하루를 살아갈 수 있는 소량의 곡물이 나타나니 도저히 믿지 않고 버틸 수가 없었다.

그 곡물은 마계에서 재배되는 곡물과는 차원이 달랐다. 알맹이 자체도 대단히 굵고 컸으며 맛 자체도 엄청났다. 미각이 상대적으로 발달한 마족에게 곡물은 마약 그 자체였다. 아무것도 몰랐을 때는 그럭저럭 살아갈 수 있을 것이다. 말라비틀어진 과일을 먹거나 모래를 씹는 것처럼 퍽퍽한 곡물을 먹고도 하루하루 연명할 수 있을 것이다.

그러나 단 한 번이라도 신성이 내려준 곡물을 맛본다면 이야기가 달라진다. 혀에서부터 식도를 타고 넘어가기까지 그야말로 마족들에게 천국을 경험하게 해주었다. 어떤 조미료도 없이 그저 평소처럼 곡물을 삶아 먹는 것일 뿐인데도 그러한 맛을 느낄 수 있었다. 게다가 영양분도 대단히 많아 배에 들어가게 되면 하루를 든든하게 보낼 수 있었다. 절망적인 환경에서 자라온 마족에게는 충분하다 못해 넘치는 영양분이었다.

모두가 그 곡물을 악신의 축복이라 부르면서 신성시했다. 식량과 종교, 그리고 문화를 통해 마계를 혼란으로 몰고 가려 했는데 예상치 않게 곡물이라는 이름의 탈을 쓴 마약 전쟁이 되어가고 있었다.

골든 하렘의 하층민을 넘어 작위가 있는 마족들까지 신성을 믿기 시작했다. 다른 도시의 고위 마족들이 신성을 찾아올 정도로 신성은 대단히 유명했다.

마족들은 환경에 의해서 공격적인 성향을 띠고 있었지만 알고 보면 대단히 감수성이 풍부한 이들이었다. 물론 사악한 마족도 많기는 하지만 그건 어느 종족이든 있는 특성이다. 평균적으로 따지고 보면 오히려 지구인들이 마족으로 느껴질 정도였다.

'밑밥 작업은 어느 정도 된 것 같은데 꽤 시간이 걸렸군.'

이제 신성이 포교 활동을 하지 않아도 알아서 덩치가 커질 것이다. 마치 굴러가는 눈 뭉치처럼 점점 부피를 불려 나가다가 이윽고 종래에는 엄청난 크기의 눈 덩어리가 되어 있을 것이다.

신성은 예언서에 적힌 가르침을 전하고 있었다. 가르침이라고 해봤자 여러 종교를 짜깁기하고 그럴듯하게 바꾼 것에 불과했지만 어쨌든 루나가 있고 신성이 있었다. 거짓이기는 하나 어느 정도 진실은 섞여 있었다.

'아무래도 마왕을 만나봐야겠어.'

신성은 포교 활동을 하며 드래곤의 유산이 있는 곳을 찾아보았다. 골든 하렘 저 너머에 있는 것이 확실한데 자세한 위치는 알 수 없었다. 뇌전의 힘을 일으키며 먼 곳까지 뒤져보았지만 자세한 위치를 발견할 수 없었다.

이곳 골든 하렘에서 뭔가를 해야 할 것 같았다. 골든 하렘을 접수하든지 파괴하든지 말이다. 해답의 열쇠는 골든 하렘의 통치자 자리를 계승한 큐리아가 쥐고 있을 것 같았다.

"자! 모두 기도합시다!"

신성이 그럭저럭 꾸며낸 가르침을 전하며 주변에 모인 이들을 감동하게 할 때였다.

'왔군.'

고리악의 병사와 골든 하렘의 기사단이 몰려왔다.

고리악의 병사를 이끄는 자는 고리악의 직속 수하인 게론 남작이었다. 의도는 뻔했다. 신성이 일으킨 기적을 이용하거나 더 이상 혼란이 생기기 전에 신성을 없애려는 수작이었다.

"성으로 연행해라!"

게론 남작의 말에 고리악의 병사들이 신성에게 다가와 신성을 포박했다. 주변에 있던 악신을 믿는 자들이 비명을 지르며 막으려 했다. 병사들을 향해 달려들었지만 기사들이 다가와 그들을 막았다. 신성을 포박하는 기사 중에는 악신을 믿는 자들도 있어 표정이 좋지 않았다.

얼마 전 골든 하렘에 온 계론 남작은 몰랐지만 고리악의 병사들은 악신의 무서움을 이미 경험한 상태였다. 그랬기에 병사들은 태도는 조심스러웠다. 만에 하나 악신이 노해서 저주를 내린다면 부풀어 썩은 시체가 되어버릴지도 모르기 때문이다.

신성은 골든 하렘의 중앙 성으로 연행되었다. 거리는 온통 눈물바다가 되었다. 그리고 분노로 폭발하기 일보 직전이었다. 분위기가 그러하니 계론 남작도 처음에는 성질을 부리다가 지금은 고개를 갸웃거리며 물러나고 있었다.

신성은 성안에 있는 커다란 홀로 들어왔다. 홀에는 많은 여성 마족들이 있었는데 골든 하렘의 관리들과 기사, 그리고 시녀들이었다. 평균으로 따지면 엘프를 뛰어넘는 아름다움을 지니고 있었다. 드래곤의 기운이 섞여 있어 마력도 대단히 깊고 수명도 길 것이 분명했다.

'로드… 존경스럽기까지 하네. 하기야 도시 이름을 그렇게 지을 때부터 알아봤지.'

드래곤 로드는 이미 죽고 없었지만, 만약 유산에 드래곤 로드의 의지가 조금이라도 남아 있다면 진지하게 대화를 나눠 보고 싶었다. 꽤 분위기를 잡고 연기를 하고 있었는데 이런 광경을 보니 산통이 다 깨지는 느낌이다.

기사와 병사들에게 둘러싸여 홀을 조금 더 걸어가자 화려한 왕좌가 나왔다. 황금으로 만들어진 왕좌에는 아름다운 여인이 앉아 있었다.

마왕 큐리아였다.

그 옆에는 간사하게 생긴 중년의 마족이 서 있었는데 딱 봐도 아론 백작임을 알 수 있었다.

'재미있군.'

마왕 큐리아의 곁에는 네 명의 여기사밖에 존재하지 않았지만 아론 백작의 곁에는 제법 많은 병사가 있었다. 큐리아가 왕좌에 앉아 있지만 실질적인 권력은 아론 백작이 모두 **빼앗**아갔음을 나타내 주고 있었다.

신성은 천천히 고개를 들어 큐리아를 바라보았다. 신성에게서 감도는 기운은 드래곤의 기운을 가지고 있는 여인들에게 큰 영향을 주었다.

'역시 그녀가 열쇠였군.'

신성과 눈이 마주친 큐리아의 눈빛이 크게 흔들렸다.

"네놈이 그 사기꾼이로군."

아론 백작이 신성을 노려보며 말했다. 신성은 아론 백작을 자세히 바라보았다. 아론 백작의 악업 수치는 약간 애매했는데, 잘만 부추기면 목표치를 달성할 수 있을 것 같았다.

그는 골든 하렘에 주둔하는 고리악 군대의 총책임자였기에 잘만 하면 저주의 범위를 군대로까지 넓힐 수 있을 것이다.

신성은 악업 수치를 최대로 찍게 만들어 저주를 내려보고 싶었다. 저주 목록에는 대단한 저주가 있었는데 그것이 무척이나 기대되었다.

'나를 욕하게 만들어야 한다니 웃기는 상황이네.'

그것만큼 악업 수치를 많이 올릴 방법이 드물었다. 아론 백작이 미쳐서 엄청난 악행을 하지 않는 이상 말이다.

"저는 악신의 말씀을 전하러 온 신도일 뿐입니다."

"같잖은 마법으로 백성들을 현혹하여 사기를 치고 있지 않느냐! 마계에는 마계에 법도가 있거늘!"

"제가 말한 모든 것이 진리입니다. 악신의 뜻입니다. 지금이라도 늦지 않았습니다. 회개하십시오. 악신께서는 자비로우십니다. 당신의 부끄러운 모든 죄악도 알고 계십니다. 어젯밤 몰래 마왕님의 침소를 훔쳐본 것까지도 알고 계십니다."

아론 백작의 인상이 구겨졌다.

"뭐, 뭐라? 다, 닥쳐라! 미친 사기꾼 놈이 뚫린 입이라고 잘도 말하는구나! 뭐? 악신? 고리악 님이 진정한 신이시다!"

"우상숭배는 죄악입니다. 이 이상 악신을 모욕한다면 큰 벌을 받으실 겁니다."

"네, 네놈이! 네놈을 가장 고통스럽게 죽여주마!"

아론 백작은 화를 감추지 않으며 말했다. 주변이 웅성거리자 아론 백작은 간신히 그런 표정을 지웠다. 아론 백작은 홀에 있는 이들이 조심스러운 태도가 마음에 들지 않았다.

아론 백작은 하늘을 향해 두 팔을 벌렸다.

"악신이 있다면 지금 바로 나를 죽여봐라! 버러지 같은 악신아!"

그렇게 외치고는 득의양양하게 신성을 바라보았다.

"봐라! 아무 일도 없지 않으냐! 악신이라고? 설령 있다고 해도 내 앞에 무릎 꿇고 내 발이나 핥을 것이다!"

[고위 마족 아론의 악업 수치가 최대치에 도달하였습니다.]
[신앙심(마력 코인), 또는 영혼력을 사용하여 강력한 저주를 내릴 수 있습니다.]

아론 백작의 주변으로 검은 연기가 스며들기 시작했다. 그 연기는 모두가 볼 수 있었다.

"저, 저주?"

"아, 악신께서 분노를……?"

아론 백작은 당황하며 주변을 둘러보다가 입을 뗴었다. 아론 백작 주변에 있던 병사들도 아론 백작의 곁에서 조금씩 떨어졌다. 두려워하는 기색이 역력했다.

신성은 속으로 웃었다. 이것은 물리적인 힘과는 다른 힘이었다. 물리적인 힘은 더 큰 힘에 무너지지만 이 힘은 달랐다.

"다, 닥쳐라! 당장 저놈을 감옥에 가두어라! 아주 고통스럽게 죽일 것이다!"

병사들은 얼어붙어 움직이지 않았다. 아론 백작이 다시 한번 소리치자 병사들이 주춤거리며 신성에게 다가왔다.

이번 일은 종교를 퍼뜨리는 데 아주 결정적인 역할을 할 것이다. 마계의 혼란을 넘어 용신과 대항할 힘을 부여해 줄지도 몰랐다.

"아직 늦지 않았습니다! 악신께 자비를 구하십시오! 당신이 그 어떤 변태일지라도 악신께서 용서해 주실 것입니다!"

아론 백작이 더 이상 참지 못하고 마력을 일으켜 신성에게 뻗으려 할 때였다.

신성은 여기서 죽은 척할 생각이다.

용언을 사용한다면 충분히 가능한 일이었다. 그러나 큐리아가 일어나더니 아론 백작의 팔을 잡았다.

"이제는 나에게 묻지도 않는 건가?"

"크, 크흠, 마왕께서는 그, 그냥 편히 지내시는 것이 좋을 듯싶습니다만……."

아론 백작이 한 발 물러났다. 아론 백작이 헛기침하며 손을 휘젓자 병사들이 신성을 감옥으로 데려가 감옥에 가두었다.

감옥에 갇히는 것도 나쁘지 않은 시나리오였다.

'어디 보자.'

신성은 저주 목록을 살펴보았다.

그중에 A+랭크 저주가 있었는데 악업 수치가 최대치일 때 쓸 수 있는 저주였다. 아론이 관리하고 있는 부대에까지 직접적으로 영향을 미칠 수 있는 저주가 존재했다.

[A+]암흑병

온몸이 녹아버리는 전염병이 돈다. 일정 이상의 악업 수치를 지닌 모든 자가 고통 속에서 서서히 죽어간다. S랭크의 신성 마법이 없다면 치료할 수 없다.

저주 대상자는 아무런 이상이 없으나 저주 대상자의 주변에서부터 병이 퍼지기 시작하며 점점 그 범위가 빠르게 확대된다. 저주 대상자가 죽으면 병은 호전된다.

신성은 암흑병을 아론 백작에게 부여했다.

'그럼 드래곤 로드의 유산을 조사해 볼까.'

감옥에 갇혀 있는 척하며 드래곤 로드의 권능이 흐르는 성을 조사해 볼 생각이다. 순서가 조금 꼬이기는 했지만 큰 상관은 없을 것 같았다.

*　　　　*　　　　*

　검은 예언자를 감옥에 가두고 처형시킬 것이라는 이야기가
나오자 골든 하렘에서 폭동이 일어났다.

　처음에는 하층민을 중심으로 일어났지만, 기사들까지 합류
하자 골든 하렘은 순식간에 난장판이 되었다.

　그것에 일조한 것은 아론 백작이었다. 악신을 믿는 자들을
모두 잡아들이라고 명령하니 불난 집에 기름을 쏟아붓는 꼴
이 되었다.

　폭동은 격렬했지만, 애초부터 상대가 되지 않는 게임이었
다. 백작의 병력은 모두 중급 마족 이상이었으니 하급 마족조
차 되지 못한 하층민들이 상대할 수 있을 리 없었다.

　그러나 상황이 묘하게 돌아갔다.

　백작이 가는 곳마다 역병이 돌더니 순식간에 주변 모두가
전염되었기 때문이다. 마족들은 기본적으로 질병에 대한 내성
이 있었지만 전염병은 이제껏 등장한 어떤 병보다 강력했다.
병에 걸리면 몸이 끔찍하게 녹아내리다가 끝내 검은 핏덩이가
되며 죽었다. 그 과정은 고통이 엄청났기에 모두가 두려워할
수밖에 없었다.

특히 아론 백작이 자주 방문한 고리악의 군대 주변으로 전염병이 더욱 심해졌다. 전염병은 남녀노소 가리지 않았다. 일정 이상의 악업이 있는 자들은 근처에만 가도 걸렸다.

골든 하렘, 그리고 그 주변에 있는 마족들이 악업에 대해 알 리가 없었다. 모두 검은 예언자를 핍박하여 악신이 분노해 재앙을 내린 것으로 생각했다.

검은 예언자에게 은혜를 입은 과일 가게 여인은 폭동의 중심에 있었다. 그녀는 가장 열렬히 악신을 믿었으며 자식이 있음에도 불구하고 용감하게 앞으로 나와 저항했다.

"아론 백작을 제물로 바쳐 악신께 자비를 구합시다!"

그녀가 그렇게 외치자 순식간에 그 말이 주변으로 퍼져 나가며 고리악의 병사들에게까지 이르렀다. 고리악의 병사들은 전염병이 언제 걸릴지 몰라 두려워하고 있었다.

위기감을 느낀 아론 백작이 간부 회의를 소집했는데 그것이 최악의 수가 되었다. 천부장, 백부장들이 모조리 죽어 지휘 체계가 엉망이 되어버렸기 때문이다.

그 결과 고리악의 병사들도 민심이 내뿜는 광기에 휩쓸리고 말았다.

"아, 아론 백작을 불태우자!"

"아론 백작이 전염병을 퍼뜨렸다!"

"아론 백작의 짓이다!"

누군가로부터 시작된 그런 말이 병사들을 폭주시켰다. 아론 백작은 더는 성에 머물지 못하고 밖으로 쫓겨났다. 그를 지켜주던 측근 병사들마저 그를 피하니 저항할 방법이 없었다. 고리악의 이름을 들먹여도 당장의 전염병이 더 두려웠기에 전혀 먹히지 않았다.

백작이 성 밖으로 나오자 병사들을 포함한 폭도들이 횃불을 들고 백작 앞으로 몰려왔다. 백작은 턱을 덜덜 떨며 마력을 일으켰다.

고위 마족다운 마력이었지만 처량하게만 느껴졌다.

"무, 물러나라! 내, 내가 누군지 아느냐! 내, 내가 고리악 님의……!"

"저 악적을 불태우자!"

"와아아아!"

백작이 온 힘을 다해 저항했지만 몰려드는 수많은 이들을 모두 당해낼 수는 없었다. 마력이 바닥나자 백작은 통나무에 꽁꽁 묶인 채로 돼지처럼 끌려갔다. 과일 가게 여주인이 예언서를 들고 백작을 노려보았다.

"죄는 불태워 없애야 합니다! 예언서에 그렇게 나와 있습니다!"

"옳소!"

"맞습니다!"

모두가 백작에게 손가락질을 했다. 백작의 편이던 병사들도 백작을 불태워 죽이자고 소리 높여 외쳤다. 통나무에 묶여 있는 백작은 벗어나려 안간힘을 썼지만 이미 힘이 빠져 움직이는 것조차 힘들었다.

구타를 당해 꼴이 말이 아니었다. 그러나 백작은 살고 싶었다. 이렇게 처참하게 죽기는 싫었다. 백작은 통나무들 사이에 꽂혀 있게 되었다.

"사, 살려, 살려줘!"

"태워라!"

"태워라! 태워 버려!"

횃불이 백작 앞에 떨어진 순간 통나무가 타오르며 순식간에 백작을 집어삼켰다.

"끄아아아아!"

백작이 비명을 질렀다. 고위 마족의 피부는 내구력이 높아 쉽게 타지 않았다. 그것이 오히려 백작에게 엄청난 고통을 부여해 주었다. 오랜 시간 동안 비명을 지르며 그렇게 죽어버렸다.

고위 마족답지 않은 고통스럽고 허망한 최후였다.

"어? 모, 몸이 아프지 않아!"

"벼, 병이 나았다!"

백작이 죽자 전염병에 걸린 병자들이 호전되기 시작했다.

과일 가게 여인이 예언서를 들었다.

"죄는 불로써 정화합니다!"

"오오! 악한 자들을 불태우자!"

"불태워라!"

골든 하렘에 광기가 깃들었다.

*   *   *

신성은 감옥에서 느긋하게 지냈다. 골드 하렘의 성을 다 뒤져봤는데 골드 하렘의 성은 일종의 마법진이었다. 드래곤 로드의 마력과 권능을 오랫동안 유지할 수 있게 설계되어 있었다. 성 덕분에 드래곤 로드의 권능이 골드 하렘, 그리고 그 근방까지 이르러 태어나는 모든 이를 아름다운 여자로 만든 것이다. 그리고 선발을 통해 성으로 들어와 큐리아의 인정을 받으면 드래곤 로드의 기운이 스며들어 더 아름다운 모습으로 재탄생되었다.

물론 그 과정에서 미래에 나타날 황금의 왕에게 모든 것을 바친다는 서약을 해야 했다. 성안에서 머무는 이들은 점차 감정을 잊어버리게 된다. 예외는 성 밖에서 생활하는 경비대장과 경비원들이었다. 기사들이 직급이 더 높은 경비대장에게 예의를 갖추지 않는 이유였다.

로드가 정한 규칙인지, 아니면 본래부터 그런 것인지 드래곤 로드의 기운을 받고 성안에서 생활하는 이들은 철저히 남성과 떨어진 삶을 살았다. 최근에야 아론 백작이 성에 기거하면서 남성이 머물렀을 뿐이다. 본래 골든 하렘의 성은 황금의 왕을 제외하고는 남성이 들어올 수 없는 성역이었다.

그리고 그 중심에는 큐리아가 있었다.

큐리아는 오래전부터 이어진 드래곤 로드의 마력과 권능을 몸으로 받아들이고 있었다. 드래곤 로드의 유산을 얻기 위해서는 큐리아의 도움이 필요할 것 같았다.

'폭동을 진정시켜 주는 조건으로 협상하면 되겠지.'

드래곤 로드와 인연이 있으니 협박을 하고 싶지는 않았다. 신성은 일단 그렇게 계획을 세웠다.

'잘 타는군.'

신성은 벽을 뚫어 창문을 만들어놓았다.

지하 감옥이 아니라 꽤 높은 곳에 있는 감옥이었기에 아래의 상황이 무척이나 잘 보였다. 골드 하렘의 곳곳에서 검은 연기가 치솟고 있었다. 그동안 참고 있던 하층민들의 분노를 보여주는 대목이었다.

그들의 뒤에 악신이 존재하고, 죽는다고 하더라도 안식에 들 수 있다고 생각하니 그들에게 두려움 따위는 찾아볼 수 없었다. 억눌린 모든 분노를 토해냈다. 그러한 모습은 골든 하렘을 넘어 서부 지역까지 퍼져 나가고 있었다.

신성은 계시를 내려 신도들의 폭동에 힘을 실어주었다. 계시는 그들에게 명분을 주었고 또 지겨운 굶주림에서 해방시켜 주었다. 신앙심이 높은 자들 위주로 더 높은 수준의 곡물을 내려주니 악신은 그야말로 인기 폭발이었다.

'잘 오르네. 조만간 신성 랭크가 오를 것 같군.'

그들의 광기와 폭력은 신성의 신성 랭크의 경험치를 올려주고 있었다.

신성은 이름만 악신이 아니었다. 드래곤의 힘으로 악 성향을 띠지 않고 있는 것이 신성과 대적하는 모두에게 다행일 것이다. 루나가 없었다면 좀 더 잔혹한 계획을 세웠을지도 모른다.

'예언서의 효과가 이 정도일 줄은… 김갑진에게 맡기길 잘했군.'

예언서의 글귀는 대부분 애매한데 해석에 따라 그 뜻이 천지 차이로 달라진다. 코에 걸면 코걸이고 귀에 걸면 귀걸이가 되는 것이다.

신성은 커피를 마셨다. 신성의 앞에 있는 탁자에는 맛있는 간식이 놓여 있었다. 감옥의 벽을 모두 뚫어놓고 용언으로 더러운 것들을 없애 버려 상당히 쾌적했다. 잘 차려진 여관을 보는 것 같았다.

신성이 오르는 경험치를 보며 흐뭇해하고 있을 때 감옥으로 찾아온 여인이 있었다.

'왔군. 적어도 나에게 적의를 가지고 있지는 않으니 잘 구슬려 봐야겠어.'

마왕 큐리아는 아론 백작을 내쫓고 성안에 남아 있는 고리악의 병력을 모두 없애 버렸다.

지금도 폭동을 제압하지 않고 그대로 놔두고 있었는데, 그편이 다소 손실이 있더라도 그녀에게는 훨씬 이득이었다. 골드 하렘에 박혀 있던 고리악의 세력이 알아서 소멸하고 있었기 때문이다. 고리악의 병사들이 두 편으로 갈라졌기에 가능한 일이었다.

물론 이 이상 지나치게 된다면 골든 하렘에도 막대한 손해가 갈 것이니 신성은 그녀가 폭동의 진정을 부탁하러 온 것으로 생각했다.

'고리악도 제법 화가 났을 거야.'

골드 하렘을 발판 삼아 중앙으로 진출하려던 고리악의 야욕은 불발이 되어버렸다. 오히려 이제 자신의 영토를 걱정해야 할 것이다. 중앙 지역도 절대 성역은 아니었다. 집권하고 있는 그들의 밑에는 억눌려 있는 마족들이 있게 마련이다. 악신을 믿지 않더라도 반란의 명분을 주기에는 충분했다.

마왕 큐리아는 신성의 예상과는 다르게 제법 예의를 갖추어 인사했다. 그녀의 눈빛에 들어 있는 어떤 열망을 느낀 순간 신성은 고개를 갸웃했다.

신성은 그녀의 정보를 살펴보았다.

560Lv
이름 : 큐리아
성별 : 여자
종족 : 마족
호감도 : (잠김)

서열 10위의 마왕으로 골든 하렘에 깃든 드래곤 로드의 권능과 마력을 이은 마족이다.

본래 평민 사이에서 태어났으나 순결함과 아름다움을 인정받아 드래곤 로드의 의지를 잇게 되었다. 초대 마왕의 기억과 권능을 계승하였으며 언젠가 찾아올 황금의 왕을 기다리고 있다.

그녀의 감정은 오로지 황금의 왕만을 향해 있기 때문에 조심해야 할지도 모른다.

'호감도 잠김?'

호감도가 잠겨 있었다. 의아함을 뒤로하고 신성은 그녀의 정보를 읽어보았다.

지금의 릴리스보다 강한 무력을 갖추고 있는 마왕이었다. 골든 하렘 하나를 다스리는 마왕으로는 볼 수 없을 정도였다. 본래는 훨씬 강했을 것이다. 로드의 마력과 권능을 여러 번 계승하며 그 힘이 약해졌기에 10위에 머물고 있었다. 드래곤 로드라 할지라도 그 힘을 영원히 유지할 수는 없었다.

큐리아가 철장의 문을 열고 안으로 들어왔다. 드래곤 로드의 마력이 느껴지니 제법 기분이 묘했다. 신성이 드래곤으로 완전히 각성할 때 본 그 환영은 드래곤 로드일 것이다. 그 압도적이고 위엄이 넘치는 모습에는 어울리지 않는 제법 친근한 마력이었다.

신성은 큐리아를 속일 수 없음을 깨달았다. 자신의 드래곤 하트가 드래곤 로드의 마력에 반응하고 있었기 때문이다. 자신의 정체를 밝힌다면 이야기가 더 쉬워질 수도 있을 것 같았다.

"이것을……."

신성이 입을 열기 전에 큐리아가 품에 있던 목걸이를 신성에게 내밀었다. 목걸이에는 드래곤 로드의 드래곤 하트 조각이 녹아 있었다.

신성은 일단 목걸이를 손에 쥐었다. 그 순간이다. 신성의 드래곤 하트가 두근거리더니 목걸이가 가루가 되어 녹아내렸다.

스윽!

드래곤 로드의 드래곤 하트가 신성에게 흡수되었다. 신성이 거부하기 전에 벌어진 일이었다. 마력 자체는 많이 손실되어 있어 약간의 마력 상승만 있을 뿐이었다.

신성이 의아함에 눈을 깜빡일 때다.

[드래곤 로드의 드래곤 하트를 흡수하였습니다.]
[골드 하렘에 깃든 의지를 계승하였습니다.]
[골든 하렘의 권능이 강해집니다.]

"무슨……?"
정보창이 떠올랐는데 그것이 무슨 의미인지 알 수 없었다.

[황금의 왕이 되었습니다.]
*큐리아의 힘이 강해집니다. 그녀의 잠겨 있던 마음이 해방되었습니다.

*성안의 모든 여인이 황금의 왕을 따릅니다. 그녀들의 잠겨 있던 마음이 해방되었습니다. 오로지 당신만을 향할 것입니다.

*드래곤의 기운을 가지고 있는 모든 여성 마족이 당신을 연인으로 생각합니다.

*축하합니다. 드래곤 역사상 제일 많은 연인을 지닌 드래곤

이 되었습니다.

드래곤 로드의 조언
"허허, 내가 이루지 못한 대업을 계승해 주게."

[루나가 황당해합니다.]
[레아가 놀라워합니다. 레아는 당신의 큰 그릇에 감탄합니다.]
[릴리스가 감탄합니다.]
[김수정이 용기를 냅니다.]
[에르소나가 혼란스러운 마음을 감추지 못합니다.]

신성은 황당함에 큐리아를 바라보았다. 큐리아는 다소곳하게 앉아 신성을 바라보고 있었다. 잠겨 있던 호감도가 열린 것이 보였다.

[호감도 : 200%(광적인 사랑)]

신성은 황당함에 표정 관리를 하지 못했다. 순식간에 일어난 일은 그의 예상을 한참 벗어난 것이었다. 큐리아와 협상해서 드래곤 로드의 유산을 얻고 이곳을 뜨려 했지만 일이 이상하게 돌아가고 있었다.

큐리아가 물기 어린 눈빛으로 신성을 바라보았다.

"모든 것을 드리겠습니다."

"나는 딱히 이곳을 얻을 생각은 없었는데……."

"저희를 또 버리시는 것입니까? 과거에 그랬던 것처럼."

"그건 드래곤 로드겠지."

"…괜찮습니다. 저희는 영원히 이곳에서 굶어 죽으면 됩니다. 떠나간 임을 그리워하며 고통 속에서 죽겠지요. 그것이 사랑이라면 감당할 수 있습니다. 아, 가련한 사랑이여. 절 밟고 가신다면 그것 또한 영광이……."

말이 통하지 않았다.

신성은 머리를 감싸 쥐었다. 도대체 드래곤 로드가 자신에게 무엇을 바라고 있는지 이제 짐작조차 되지 않았다.

그것보다 처음 봤을 때의 큐리아는 날카롭고 차가운 이미지였는데 지금 그녀는 전혀 그렇지 않았다.

오랜 세월 동안 기억으로 각인된 그 사랑은 대단했다. 잠겨 있던 마음이 풀어지자 사랑이 폭주하고 있었다.

골든 하렘의 분위기와 어울리지 않게 성안엔 핑크빛 기류가 흐르고 있었다. 어두운 포스를 뿌리던 신성은 맥이 빠져서 한숨을 내쉬었다.

'잘된 건가? 그건 아닌 것 같은데.'

어쨌든 골든 하렘이 손에 들어왔으니 이곳을 기점으로 삼을 생각이다. 다 타버리면 곤란하니 신도들을 진정시킬 필요성을 느꼈다.

신성의 그런 생각과는 다르게 성의 문이 열리며 기사들이 뛰쳐나갔다. 기사들이 악신과 함께한다고 선언하자 상황이 더욱 심각해졌다.

[골든 하렘이 종교 도시가 되었습니다.]
[골든 하렘에서 사랑의 광전사가 탄생하였습니다.]
[광전사들은 사랑과 종교의 힘으로 마왕 따위를 따르는 이단자를 물리칠 것을 맹세하였습니다.]

이미 불길은 아주 깊게 타올랐다. 신성이 계시를 내린다고 해도 멈출 수 있을지 의문이다. 큐리아가 갑자기 벌떡 일어나자 신성은 살짝 뒤로 물러났다.

드래곤의 눈으로 본 큐리아는 지극히 위험했다. 신성이 해결할 수 없는, 물리적으로 해결할 수 없는 새로운 공포의 유형이었다.

"그렇군요. 성전, 성전입니다. 성전을 일으켜 제 가치를 증명하겠습니다. 마계를 당신께 봉헌하겠습니다. 마왕 따위를 따르는 이단자들을 모두 없애겠습니다."

[골드 하렘에 성녀가 탄생하였습니다.]
[성녀가 성전을 선포하였습니다.]

신성은 아무 말도 할 수 없었다. 어떤 말도 떠오르지 않았기 때문이다.

                    *   *   *

황금의 왕이 재림하여 골든 하렘의 모든 것을 차지한다는 전설이 있었다. 그 전설은 로드가 신성을 위해 만들어놓은 것이 분명했다.

아무튼 일단 골든 하렘을 고리악의 손길에서 벗어나게 하기 위해서는 골든 하렘 주변에 있는 고리악의 병사들을 없애는 것이 우선이었다. 전염병이 돌았고 악신을 믿는 많은 병사가 골든 하렘으로 넘어왔으니 본대의 전력은 상당히 약해져 있었다.

신성은 얼어붙은 영혼을 이용하여 몬스터를 만들어냈다. 모든 영혼을 쏟아부어 만들었기에 몬스터는 많았다. 고리악의 병사를 없애 버리고 골든 하렘의 상황이 안정될 때까지 골든 하렘을 지켜줄 것이다.

"모두 없애라."

갑자기 나타난 얼음으로 이루어진 몬스터들이 병사들을 쓸어버리자 신도들의 신앙심이 더욱 깊어졌다. 예언서에는 멸망의 때와 성전을 암시하는 구절도 있었는데 그 구절이 지금의 상황과 상당히 잘 맞물렸다.

거리에 하층민들이 나와 성전을 외치고 있었다. 이미 신성의 손을 떠나 버렸다.

'이제 본격적으로 물자들을 들여와야겠네.'

어쨌든 영지가 생긴 것은 좋은 일이었다. 광기와 사랑이 공존하는 골든 하렘은 신성의 계획을 앞당겨 주었다.

차원의 문과도 제법 가깝고 중앙 지역의 진출하기도 용이하니 골든 하렘의 위치는 좋은 편이었다.

일단 릴리스와 드래고니아의 마족들을 이용할 생각이었다.

찌릿찌릿한 시선이 느껴졌다.

신성은 부담스러운 시선에 한숨을 내쉬었다. 드래곤의 기운을 지닌 여인들이 하나같이 신성을 뜨거운 눈빛으로 바라보고 있었다. 엘프들과는 다른, 대단히 위험한 눈빛이었다.

드래곤 로드가 준비해 놓은 것들이 자신을 도와주는 것 같긴 했는데 너무 과하다는 것이 문제였다.

과해도 보통 과한 것이 아니었다.

'좋은 게 좋은 거라지만……'

로드의 손에 놀아난 느낌이다. 근데 그게 또 기분이 나쁘지 않은 것이 참으로 묘했다.

신성은 골든 하렘에서 나와 드래곤 로드의 유산으로 향했다. 큐리아를 포함한 많은 여인이 배웅을 나왔는데 역시 기묘한 기분에 휩싸였다.

아무튼 로드의 드래곤 하트가 있으니 드래곤 로드의 유산이 어디에 있는지 알 수 있었다.

신성은 드래곤 로드의 의지가 기다리고 있을 것이라는 확신이 들었다. 로드의 드래곤 하트를 얻었기에 본능적으로 알 수 있었다.

신성은 뇌전의 힘을 쓰며 순식간에 이동했다. 드래곤 로드의 유산은 서부 지역을 관통하는 산맥에 위치해 있었는데, 산맥 주변에 고리악의 도시들이 있었다.

'여긴가?'

산속 깊은 곳으로 가자 결계가 느껴졌다. 결계는 너무나 교묘해 로드의 드래곤 하트가 없었다면 결계의 존재조차 알아차리지 못했을 것이다.

결계 안으로 들어가자 새로운 세계가 등장했다. 삭막한 마계와는 달리 마치 어비스를 보는 것 같은 그런 곳이었다. 그러나 신성은 그것이 모두 환영임을 이미 눈치채고 있었다.

[사라져라.]

신성이 용언을 내뱉자 환영이 모두 사라지고 거대한 문이 모습을 드러냈다. 하늘에 닿을 것 같은 절벽 하나가 문 그 자체였다.

신성이 다가가서 문에 손을 얹자 문에 새겨진 홈을 따라 빛이 흘러나오기 시작했다.

드드드드!

산을 울리는 진동과 함께 문이 점점 열렸다. 그 광경은 모든 사람의 넋을 빼앗기에 충분했지만 신성은 별 감흥 없이 지켜보다가 안으로 들어섰다.

신성이 안으로 들어가자 다시 문이 닫히며 사방에 달린 보석에서 환한 빛이 뿜어져 나왔다.

긴 복도가 모습을 드러냈다. 긴 복도에는 수많은 문이 있었는데 신성은 문 하나를 열어보았다. 그 안에는 신성이 상상한 모든 것이 존재했다. 수북하게 쌓여 있는 보석과 마력 코인은 신성의 시선을 빼앗기에 충분했다. 다른 방에는 각종 희귀 재료가 있었고 고대 병기뿐만 아니라 다양한 종류의 몬스터들이 진열되어 있었다. 마치 아르케디아의 모든 것을 보는 것 같은 그런 느낌이다.

신성은 감탄하지 않을 수 없었다. 드래곤 로드의 유산은 신성이 생각한 것보다 더 대단했다. 과연 드래곤 로드답다고 말할 수 있었다.

가격도 가격이지만 대단한 정성이 느껴졌다. 드래곤 로드
가 진정으로 아르케디아를 사랑하고 있음을 알 수 있었다. 그
마음은 신성과 똑같았다.

다른 방문을 열어보았다.

"음……."

여성들을 위한 아름다운 장신구와 옷이 가득했다. 일반 복
장부터 귀족 복장, 그리고 아르케디아의 모든 캐시 복장이 진
열되어 있었다. 디아나와 같지만 감정이 없는 존재가 서 있었
는데 신성의 기척이 느껴지자 깊게 인사를 했다. 원하는 것이
있으면 꺼내주는 역할을 하는 것으로 보였다. 그런 것치고는
몸에 대단히 살벌한 무기를 숨기고 있지만 말이다.

'레아에게 맞는 것도 있네. 딱 좋군.'

절로 흐뭇한 마음이 되었다. 레아는 치마를 대단히 싫어했
는데 신성의 부탁이라면 한 번쯤은 입어줄 것이다. 나이가 들
면 그런 거친 면도 없어지지 않을까 하고 기대를 해본 신성이
다.

루나에게 어울리는 것도 많았다. 사치를 싫어하는 루나여
서 그저 신성력으로 만든 옷을 입고 있었는데 그녀를 위해 선
물을 해주고 싶었다. 아까워서 입지 않고 고이 모셔놓을 것
같기는 하지만 말이다.

방문을 닫은 신성은 뒤를 바라보았다. 어느새 방문 앞에는

마력으로 움직이는 인형들이 자리 잡고 있었다.

신성이 드래곤이 아니었다면 저 인형들에게 공격당했을 것이다. 모두가 덤빈다면 마왕 하나 정도는 상대할 수 있는 수준이었다. 인형 하나하나의 특성이 다른 것을 보면 대단한 정성이 들어간 것이 틀림없었다.

신성은 복도의 벽을 바라보았다. 그곳에는 그림이 걸려 있었는데 아르케디아의 역사를 담은 그림이었다. 그 그림은 대단히 아름다워 잠시 시선을 빼앗겼다.

신성은 드래곤들이 그려져 있는 그림을 한참 동안 바라보았다. 드래곤 중에 대단히 아름다운 검은 드래곤이 보였다. 알고 있던 형태와는 다르지만 신성은 저 검은 드래곤이 누구인지 알 것 같았다.

"제법 그럴듯하지 않나?"

옆에서부터 들려오는 목소리에 신성이 옆을 바라보았다. 인자한 인상의 노인이 신성을 바라보고 있었다. 반투명한 모습이었는데 신성은 그것이 로드의 의지임을 알 수 있었다. 미약하게나마 남은 권능과 마력이 그 의지를 유지시켜 주고 있었다.

드래곤 로드는 신성을 보더니 감탄하며 고개를 끄덕였다.

"기대한 것보다 더 잘난 친구구만."

"드래곤 로드?"

"허허허, 지금은 그저 사념체일 뿐일세. 자네가 들어와 깨어
난 것이지. 시간이 꽤 많이 지났겠구먼."

신성은 로드를 바라보았다. 눈빛이 무척이나 맑았다. 인자
한 인상까지 더해지니 산속에 숨어 사는 전설의 마법사같이
느껴졌다. 외견만으는 골든 하렘을 만든 자라고 보기 힘들었
다.

"생각한 것보다……."

"정상이라 놀랐나?"

"내가 상상한 당신의 모습은 방탕한 색마 이미지였어. 근
데… 꽤 정상이군."

"허허! 영광일세."

로드는 다소 무례한 말임에도 불구하고 전혀 기분 나빠하
지 않았다.

"내 레어를 둘러본 소감이 어떤가?"

"무슨 말인지 모르겠군. 이곳은 이제 내 레어인데 말이야."

"허허, 뭐, 맞는 말이긴 하지. 나는 죽고 없으니 말일세. 그
러나 그냥 줄 수는 없네."

"퀘스트라도 줄 생각인가?"

"그것도 좋겠지. 가령 백 명의 아이를 만든다든가 하
는……?"

신성이 노려보자 로드는 피식 웃으면서 고개를 저었다.

"농담일세. 그저 이 늙은이와 이야기를 해주게나. 내가 퀘스트를 준다고 해도 이행할 시간은 없는 것 같으니."

로드가 손가락을 튕기자 신성이 다른 방으로 공간 이동되었다. 아담한 테이블이 놓여 있는 방이었는데 세이프리에 처음 만든 오두막이 생각났다.

소박한 느낌이 나쁘지 않았다. 신성의 취향을 잘 파악한 것으로 보였다.

"앉게나. 차를 내오도록 하지."

의자에 앉자 로드가 금방 차를 내왔다. 제법 향기가 좋은 차였다. 향기를 맡는 것만으로도 기분이 좋아졌다.

"예전에 마왕을 꼬실 때 쓰던 차일세. 여성이라면 신에게도 먹히는 최음 성분이… 허허, 그리 노려보지 말게나. 거참, 농담도 못하나?"

"…도대체 그 도시는 뭐지?"

"음? 아! 골든 하렘 말인가? 내가 바라던 꿈의 도시이지."

로드는 그립다는 듯한 표정이 되었다.

"자네를 곤란하게 만들 의도는 없었네. 그저 선물일세. 이곳을 아껴달라는 그런 뜻에서 말이지. 내가 좋아하는 것이라면 자네도 좋아할 거라고 믿었지만 조금 예상이 빗나갔군. 자네에게 신성력이 감도는 것을 보아하니 이미 영원을 함께할 반려가 존재하는 것 같은데?"

신성은 고개를 끄덕였다. 신성이 목걸이를 꺼내 사진을 보여주자 로드는 안심한 표정을 지었다. 그 표정이 신성에게는 대단히 미묘하게 다가왔다. 그가 무엇을 걱정하고 안심한 것인지 이해가 되지 않았다.

"가족은 소중하지. 무엇과 바꿀 수 없을 정도로 말일세."

"그 말에는 동의해."

"드래곤은 본래 고독한 존재일세. 홀로 살고 홀로 죽어갔지. 나는 그것이 싫었네. 자네 역시 마찬가지인 것 같군."

로드는 빈 잔에 다시 차를 따랐다. 신성은 로드의 시간이 별로 없음을 깨달았다. 그는 곧 사라질 것이다. 신성은 궁금한 것을 물어보기로 했다. 도대체 이런 사태가 왜 벌어졌는지에 대해서 말이다.

신성은 가상 세계가 왜 현실이 되었는지 물었다.

"나도 모르네."

로드는 간단하게 대답했다. 그 대답을 들으니 온몸에 들어갔던 힘이 쭉 빠지는 느낌이 들었다. 로드가 모른다면 누가 알 수 있을까?

"자네는 가상 세계라고 말했지. 그러나… 어디까지가 가상이고 현실인지 생각해 본 적이 있는가?"

"무슨 말이지?"

"모든 것이 누군가에 의해 만들어진 것이 아닐까 하는 의문은 든 적이 없는가?"

로드는 의문만 던질 뿐이었다. 그곳에는 해답이 없었다.

"아르케디아, 지구, 그리고 아르케디아 온라인. 무엇이 가상이고 무엇이 현실인가? 역사는 우리가 만든 것인가? 정보는 무엇이고 생명은 무엇인가? 우주를 관통하는 시스템은? 차원은?"

신성은 단 한 번도 자신의 세계를 의심한 적이 없었다. 그럴 이유도 없었다.

"그런 의문이 중요할까?"

"잘 모르겠어."

"허허, 나는 이렇게 의문만이 가득한 세상도 나쁘지 않다고 보네."

로드는 인자한 미소를 지었다. 신성의 얼굴이 혼란으로 물들었지만, 로드는 이미 해답을 얻은 자처럼 평온하기만 했다.

"나는 순응했지만 용신은 위를 향해 나아가려 하네. 모든 것을 없애고 저 너머에 있을 진리를 향해 말일세. 그녀는… 거의 모든 드래곤을 희생시켜 순리를 거스르는 힘을 얻었네. 유일하게 모든 역사와 시공간을 초월해 영향을 받지 않은 존재가 바로 용신이지. 내 추측일 뿐이지만 세계가 섞인 것은 용신이 벌인 파괴 행위와 관련이 있을 것일세. 자네 역시……."

로드는 신성을 바라보았다. 그 눈빛은 진지했다.

"그 이상 내가 아는 것은 없네. 모든 권능과 마력을 써가며 미래를 내다봐도 보이지가 않았어. 그러나 유일하게 아는 것이 있다면 자네는 선택을 해야 한다는 것이야."

"선택?"

"허허, 무거운 이야기가 되어버렸군. 자네와 나에게는 이런 무거움은 어울리지 않겠지. 의문은 덮어두고 마음이 가는 대로 하게나. 그게 제일이지."

로드는 다시 가벼운 분위기가 되었다. 의문은 해소되지 않았지만, 애초부터 이 의문에 대해 신성은 진지하게 고민해 본 적이 없었다. 가족들이 살아갈 땅을 지키고 적을 배제하는 것만으로도 벅찼다.

"그나저나 자네 딸아이가 아주 예쁘군. 성장한다면 아주 미인이 되겠어. 허허허."

"그렇지? 근데 성격이 왈가닥이라……."

"드래곤의 피가 섞여 있으니 어쩔 수 없지. 음, 이제 시간이 되었군. 종족 보존에 힘써주게나. 그래도 명색이 드래곤인데 드래곤의 번영을 위해 힘 좀 써주게."

로드는 씨익 웃으며 신성을 바라보았다.

"만인의 연인이 되어주게나."

로드의 손에 들린 찻잔이 떨어졌다. 로드의 모습이 흐려지더니 그의 의지가 모두 흩어져 버렸다. 드래곤 로드답지 않은, 위엄이 전혀 없는 유언을 남기며 그렇게 사라져 버렸다.

정든 이를 떠나보내는 것처럼 마음이 무거워졌다.

신성이 자리에서 일어나며 한 걸음 앞으로 내딛자 주변이 순식간에 바뀌며 거대한 홀로 이동되었다. 굉장히 큰 공간이었는데 그 중앙에 거대한 드래곤이 누워 있었다. 신성의 몸보다 더 큰 드래곤은 죽은 상태임에도 신성을 움찔하게 하는 존재감을 자랑했다.

바로 드래곤 로드의 몸이었다.

신성의 드래곤 하트가 두근거렸다. 그 순간, 드래곤 로드의 몸이 부서지며 신성에게 빨려들어 왔다. 신성의 몸에서 빛이 뿜어져 나오며 본체 상태가 되었다. 점차 몸이 커지며 드래곤 로드와 맞먹는 크기가 되었다.

신성은 솟구치는 힘에 크게 놀랄 수밖에 없었다.

[에이션트 드래곤이 되었습니다.]

[레벨이 크게 상승합니다.]

[축하합니다. 고룡 칼인트에게 인정받아 드래곤 로드가 되었습니다.]

[드래곤 로드의 레어를 상속받았습니다.]

*드래곤 로드의 레어가 당신에게 귀속됩니다.

*드래곤 로드의 권능으로 레어를 인벤토리화 할 수 있습니다.

드래곤의 정점이라 부를 수 있는 에이션트 드래곤, 그리고 드래곤 로드가 되었다. 드래곤이라고 해봤자 신성 혼자였지만 그래도 감투는 좋은 것이었다. 용신은 드래곤을 초월한 존재이니 드래곤으로 분류하기도 모호했다.

아무튼 드래곤 로드의 권능은 속성의 힘을 자연스럽게 쓸 수 있게 만들어주었다. 게다가 악룡화 역시 페널티와 제약이 많이 줄어들어 사용에 부담이 없어졌다.

'이 상태에서 신성 주신에 이른다면…….'

용신이 그런 것처럼 드래곤 로드를 넘어 새로운 존재로 각성할 수 있을 것이란 확신이 들었다. 그것은 에이션트 드래곤이 되고 드래곤 로드의 힘을 지니게 되어 알 수 있는 것이었다.

'그러지 않아도 자금이 무척이나 부족했는데 잘되었네.'

어비스를 개발하기 위해서는 막대한 돈이 필요했다. 어비스는 그야말로 돈을 먹는 기계였다. 신성의 마르지 않던 자금이 부족해질 정도로 말이다. 그러나 로드의 유산을 얻었으니 장기간 문제없었다. 어비스 전체에 대한 개발을 진행한다고 해도 감당할 수 있을 정도였다.

'게다가 인벤토리화도 가능하니 상당히 편리하군.'

오두막 하나를 만들어 좋아하던 것이 어제 같은데 이런 말도 안 되는 규모의 레어를 얻게 되었다. 게다가 마치 인벤토리처럼 신성에게 귀속되어 신성과 함께 차원을 넘나들 수 있었다.

레어를 마계에 두고 가는 것은 불안했다. 로드의 권능으로 인벤토리화 하는 것이 좋을 것 같았다. 인벤토리화 하기 위해서는 레어 밖으로 나와야 했다.

'해볼까?'

신성은 레어 밖으로 나왔다. 레어 밖으로 나오니 자동으로 문이 닫혔다.

신성은 드래곤 로드의 권능을 일으켰다. 그 권능은 불가능을 가능으로 만드는 막대한 힘을 지니고 있었다. 물리법칙은 물론이고 시간과 공간마저 어느 정도 지배할 수 있었다.

[귀속되어라.]

신성이 용언을 내뱉자 드래곤 레어에서 빛이 터져 나왔다.

[S]인벤토리(드래곤 레어)

드래곤 로드의 권능으로 레어 자체를 인벤토리화 했다. 드래곤 레어의 광활한 공간을 모두 이용할 수 있고 인벤토리에 넣는 모든 물품은 메이드 인형이 분류하여 각 담당하는 창고에 분류한다. 드래곤 레어에 구비되어 있는 물품은 언제든지 검색할 수 있으며 마음대로 꺼낼 수 있다.

단, 드래곤 본인이 직접 드래곤 레어에 들어가기 위해서는 드래곤 레어를 안정된 지역에 설치해야 한다. 설치 후에도 인벤토리와 연결을 통해 언제든 물건을 넣고 꺼낼 수 있다.

드래곤 레어가 있던 자리가 사라지며 신성의 인벤토리와 합쳐졌다. 신성은 세상에서 가장 커다랗고 편리한 인벤토리를 얻었다. 다른 것을 다 떠나서 이것만으로도 엄청난 이득이었다. 대형 비공정과는 비교도 할 수 없는 전용 공간을 얻은 것이니 말이다.

"응?"

두드드드드드!

산맥이 무너지기 시작했다. 신성의 눈동자가 크게 떠졌다.

'드래곤 로드의 레어는 엄청나게 컸지. 산맥의 일부를 차지할 정도로.'

그 거대한 산맥의 일부를 차지하고 있던 레어가 사라지면 어떻게 될까?

"아, 그러네."

거대한 산맥 전체가 붕괴하기 시작했다. 신성은 눈을 깜빡이며 산맥을 올려다보았다. 바닥은 마치 지진이라도 나는 것처럼 갈라졌고 산맥이 커다란 굉음을 내며 무너져 내리기 시작했다.

집채만 한 돌들이 해일을 만들며 밀려 내려오고 있었다.

＊　　　　＊　　　　＊

마계 서부 지역.

중앙 지역을 제외한다면 가장 비옥한 땅이라 볼 수 있었다. 그러나 그것은 마계의 기준이고 잠시나마 어비스에 다녀온 마족이라면 그런 생각은 하지 못할 것이다.

어비스는 마족에게 큰 충격을 주었다. 그 찬란한 대지는 여태까지 접해보지 못한 새로운 세계였다. 그러나 마족은 처참하게 실패했다. 어비스로 진출한 마족은 전멸했고 차원의 문은 닫혔다. 그 과정에서 여러 마왕이 목숨을 잃었다. 게다가 남부 지역에서 시작한 극심한 추위는 서부 지역 전체에 영향을 미치고 있었다.

악신.

마계와 어비스에 재앙을 몰고 온 사악한 신.

그 이름은 지금 서부 지역 전체에 홍역을 몰고 오고 있었다. 하층민에서부터 비교적 지위가 높은 귀족에게까지 악신의 교리가 퍼져가고 있었다.

마왕 고리악은 무자비하게 신도들을 탄압했는데, 그는 스스로를 신으로 여기고 있었다. 자신을 공포의 신이라 추켜세우며 감히 자신에게 도전한 골든 하렘을 없애 버릴 것을 선포했다. 골든 하렘에서 희생된 병력은 중앙 지역으로 진출하기 위해 각별히 키워놓은 병력이었기 때문에 고리악의 분노는 상상을 초월했다.

고리악이 가장 신뢰하는 측근인 가론디 백작은 서부 지역의 곡창 지대를 담당하는 마족이다.

고리악은 서부를 정벌한 즉시 기간티아 산맥에 많은 자금을 투입했다. 기간티아 산맥의 중심에는 거대한 분지가 있었는데 그 분지는 비교적 땅이 비옥하고 기후가 따뜻했다. 높은 산맥이 추위를 막아줘서 온도도 일정하게 유지되었다.

고리악은 릴리스의 뿔, 그리고 토벌한 다른 마왕의 뿔 일부를 이용해 땅에 권능을 불어넣었다. 곡식의 품질은 올릴 수 없었으나 성장 속도를 획기적으로 향상하는 것은 가능했다.

서부를 넘어 중앙으로 진출할 수 있는 곡식을 이곳에서 생산할 수 있었다.

겨울이 밀려올 때 고리악은 산맥에 거대한 굴을 파고 대규모 마법진을 그려 추위를 막았다. 막대한 비용과 권능을 소모했지만 오히려 전화위복이 되었다. 중앙 지역을 제외한 다른 지역의 마왕들은 모두 극심한 식량난을 겪고 있었는데 고리악만은 예외였기 때문이다.

기간티아 산맥은 서부 지역의 축복이었다. 분지뿐만 아니라 광물도 풍부하게 매장되어 있었다. 산맥 주변에는 고리악이 애지중지하는 대규모 도시들이 자리하고 있었다.

도시 안에는 무기 공장을 포함한 여러 가지 제조소가 존재했다.

"빨리 옮겨라! 오늘까지 보급 준비를 끝내야 한다!"

가론디가 노예들에게 소리쳤다. 가론디는 그답지 않게 직접 나와서 노예들을 다그쳤는데 고리악의 분노가 엄청나다는 소식을 들었기 때문이다.

노예들은 거대한 창고에서 식량을 옮기고 있었다. 병력에게 보급할 식량이다. 창고에는 그동안 모은 곡물이 가득했다. 고리악 영지 전체의 식량을 담당한다고 해도 무리가 없을 정도였다.

'악신 따위가 고리악 님을 막을 수는 없지.'

가론디는 찬란한 황금빛 들판을 보며 그렇게 생각했다. 그는 고리악이야말로 모든 마왕의 권능을 흡수해 마신이 될 자라고 믿고 있었다. 고리악은 중앙 마왕의 인정을 받지 못해 8위에 머물고 있었지만 실질적인 능력은 5위권을 넘어섰다는 평가가 지배적이었다.

이제 실력으로 그 자리에 오를 차례였다.

"왜 이렇게 굼뜬 건가? 노예는 다 어디 갔지?"

"그, 그게… 아, 악신을 믿는 놈들을 본보기로 처형시킨다고 하셔서… 그, 그래서 모두 철창에 가둬놓았습니다."

"흐음, 그랬지."

가론디는 보좌관의 말에 인상을 찌푸렸다. 고리악은 공포로서 믿음을 억압할 수 있다고 믿고 있었다. 그것은 가론디도 마찬가지였다. 우매한 하층민은 때리고 쥐어짤수록 복종을 하니 말이다.

본보기로 모조리 죽이면 알아서 복종할 것이다. 그러나 지금은 일손이 필요했다.

"지금 당장 일을 하게 만들어."

"그, 그게 아, 아무리 매질을 해도 듣지를 않아서 가둬놓았습니다."

"그걸 말이라고 하나?"

가론디의 몸에서 푸른 불꽃이 뿜어져 나왔다. 보좌관이 겁을 먹고 뒤로 주춤 물러날 때였다.

두드드드!

바닥에서부터 진동이 느껴졌다. 가론디는 고개를 내려 바닥을 바라보았다. 바닥에 있던 돌들이 흔들리더니 공중으로 치솟기 시작했다. 가론디는 그제야 무언가 심상치 않은 일이 발생하고 있음을 깨달았다.

"바, 바닥이… 으, 으아악!"

보조관이 다급히 말하는 순간 바닥이 갈라지더니 보조관의 몸이 사라졌다. 갈라진 틈 사이로 빠져 버린 것이다. 갈라진 바닥이 요동침과 동시에 보좌관의 짧은 비명이 들려왔다. 갈라진 틈에서 피가 뿜어져 나와 가론디의 신발을 적셨다.

"무, 무슨……?"

대지가 갈라지기 시작했다. 황금빛을 자랑하던 들판에 거대한 균열이 가더니 마구 뒤틀리며 터져 나가기 시작했다. 그 균열은 분지 전체로 퍼지며 거대한 곡물 창고를 집어삼켰다.

"아, 안 돼!"

저장되어 있던 모든 식량이 순식간에 사라져 버렸다. 그뿐만 아니라 주변에 있던 다른 창고들이 하나둘씩 사라지자 가론디는 경악하며 어찌할 바를 몰라 했다.

두드드.

요동치던 바닥이 진정되었다. 가론디는 한숨 돌리며 들판을 바라보았다. 들판에 설치된 대규모 마법진은 깨져 있고 바닥이 뒤집혀 모든 것이 처참하게 박살 나 있었다. 살아남은 마족들이 비명을 지르며 도망치고 있는 것이 보였다.

"아, 악신의 재앙이다!"

"악신이 재앙을 내렸다!"

"으아아악!"

가론디는 그 소리를 듣는 순간 몸이 절로 떨렸다. 갑작스럽게 닥친 대지진이 정말 악신의 재앙처럼 느껴졌기 때문이다. 간신히 정신을 수습한 그는 불꽃을 일으키며 도망가는 노예들을 불태웠다.

'마, 마법진만 복구한다면 어떻게든… 다, 다른 도시의 도움을 구한다면……!'

손해가 너무 막대했다. 고리악이 이 사실을 안다면 누가 이 재앙을 일으켰든 책임자인 자신은 죽은 목숨이었다. 그는 두려움에 벌벌 떨었다. 마법진을 복구한다면 어쩌면 살 수 있을지도 몰랐다. 하지만 그의 그런 생각은 모두 소용없었다. 재앙은 아직 시작도 하지 않았기 때문이다.

"허억!"

산이 무너져 내리고 있었다. 하늘에 닿을 것 같던 봉우리가 쓰러지더니 산 전체가 마치 녹아내리는 것처럼 무너져 내렸다.

콰아아앙!

폭발음이 들려왔다. 산에 설치되어 있던 마법진들이 터져 나가면서 막대한 화염을 만들어냈다. 이어 무너지는 거대한 돌들을 휘감더니 마치 운석처럼 주변으로 쏟아져 내렸다.

가론디는 멍하니 밀려오는 산을 바라보았다. 불붙은 산이 그대로 밀려 내려오는 모습에 압도당해 꼼짝도 할 수 없었다. 그가 지닌 불꽃도 저 압도적인 재앙 앞에서는 그저 촛불에 불과했다.

콰가가가가!

가론디가 돌에 파묻혀 사라졌다. 그의 흔적은 더 이상 찾을 수 없었다.

기간티아 산맥이 무너져 내리고 있었다. 고리악이 거대한 굴을 만들어 마법진을 새겨 넣은 것이 재앙의 크기를 더욱 키워 버렸다. 무분별하게 파놓은 광산들 역시 모두 무너져 내리며 더 큰 산사태를 촉발했다.

해일을 보는 것 같은 산사태가 분지 주변 도시들을 덮쳤고 도시는 그야말로 쑥대밭이 되어버렸다. 고리악이 자랑하던 제조 시설들이 형체도 남기지 않고 사라져 버렸으며 서부 지역의 자랑이던 아름다운 도시도 파묻혀 마계의 역사 속으로 사라졌다.

모두 순식간에 일어난 일이었다.

*　　　　*　　　　*

잠시 동안 넋을 놓고 있던 신성이 재빨리 피해 범위에서 벗어났다. 드래곤 로드의 권능을 쓴다면 공간 이동이 가능했지만, 아직 익숙하지 않아 뇌전의 힘을 일으켜 빠르게 벗어났다.

멀리서 지켜보니 장관도 이런 장관이 없었다. 아주 높게 치솟은 봉우리들이 일제히 무너지고 산들이 주저앉고 있었다. 먼지구름이 마치 핵폭탄이라도 떨어진 것처럼 치솟았다.

퍼어엉!

"응?"

갑작스럽게 폭발이 일어나더니 불길이 치솟았다. 신성은 깜짝 놀라 불길을 바라보았다. 그 폭발이 무너지는 산들을 더 흔들어 버렸다. 불과 먼지, 그리고 거대한 돌이 사방으로 퍼져나가며 모든 것을 집어삼키고 있었다.

신성은 아직 서부 지역에 대한 맵핑은 해놓지 않아 주변에 뭐가 있는지는 몰랐다. 주변에 마을이라도 있다면 피해가 있기는 할 것 같았다.

신성이 고개를 끄덕이며 자리를 옮기려 할 때였다.

[악신이시여! 우리를 구원해 주소서!]

[살려주세요!]

[악신님, 저희를 버리지 마세요!]

그런 정보창이 떠올랐다. 신성은 고개를 돌려 다시 무너져 내리는 산맥 쪽을 바라보았다. 집중해서 바라보니 그곳에서부터 수많은 악신의 신도가 느껴졌다. 사람이 없으리라 생각했는데 대단히 많은 신도들이 모여 있었다.

그냥 무시할 수도 있었지만 어쨌든 자신을 믿는 신도들이다. 모두 경험치 덩어리나 마찬가지였다.

계시 탭을 펼쳐 신도들의 위치를 확인했다.

드래곤 로드의 권능이라면 신도들을 옮겨 올 수 있었다.

드래곤 로드의 권능이 없었다면 시도조차 하지 못하고 모두 죽게 내버려 둘 수밖에 없었을 것이다.

'처음 해보는 거지만… 어떻게든 되겠지.'

신성은 드래곤 하트를 개방하며 막대한 마력을 일으켰다. 마력의 크기는 그다지 늘어나지 않았지만 깊이 자체가 달랐다. 드래곤 로드가 되면서 마력을 완전하게 지배할 수 있게 되었기 때문이다.

신성은 절반이 넘는 마력을 대기 중에 풀었다. 신성의 의지에 따라 흘러나온 마력이 거대한 마법진을 그렸다.

[이동되어라.]

신성이 용언을 사용하자 공간이 일렁였다. 마법진이 사라지며 쇠사슬로 포박되어 있는 마족들이 나타나기 시작했다. 처음에는 한두 명 나타나다니 순식간에 천 명을 넘어갔고 수천에 달하기 시작했다. 신성은 눈을 감고 더욱 집중했다. 모든 마력을 일으키며 손을 휘젓자 또다시 많은 마족이 쏟아져 나왔다.

신성은 숨을 내쉬며 손을 내렸다. 마력이 다시 차오르며 드래곤 하트를 가득 채웠다.

'성공한 것 같군.'

신성의 앞에 펼쳐진 평야에 수많은 마족이 자리하고 있었다. 아슬아슬하게 모두를 옮길 수 있었다.

"사, 살았다!"

"악신께서 우리를 구원해 주셨어!"

"흐흑, 감사합니다. 감사합니다."

"기적이야!"

마족들이 눈물을 흘리며 기뻐하고 있다.

"오! 악신이시여!"

"악신께서 사악한 자들을 벌해주셨어!"

"악신을 찬양하라!"

[악신의 기적에 신도들이 찬양을 시작합니다.]

신성은 어색한 미소를 흘렸다.

이번 일이 발생한 것은 어디까지나 의도하지 않은 사고였기 때문이다. 딱히 재앙을 일으키고 싶은 것도 아니었고 애초부터 주변에 뭐가 있는지도 몰랐다. 어쨌든 찬양을 받으니 기분이 좋기는 했다. 마족들이 연기가 자욱한 산 쪽을 바라보며 저주를 퍼부었다.

별의별 욕이 다 나왔다. 하급 관리에 대한 욕부터 시작해서 고리악을 저주하는 말까지 흘러나왔다. 신성이 고리악을 실제로 본 적은 없지만 굉장히 사악한 놈인 것은 확실했다. 그렇지 않고서야 저렇게 재앙이 닥친 것을 기뻐하며 온갖 욕을 퍼부을 이유가 없었다.

"거, 검은 예언자님이다!"

"검은 예언자님!"

"악신께서 우리를 위해 보내셨다!"

이제야 신성을 발견한 마족들이 그렇게 외쳤다. 신성의 모습은 대단히 기품이 넘쳤다. 너무나 신성한 모습이었다. 어색한 미소를 그리고 있는 것에 불과했지만 마치 악신이 내려준 구세주처럼 보였다.

기뻐하며 환호하는 마족도 있었고 그 자리에 주저앉아 기도하는 마족도 있었다. 대부분은 무릎을 꿇고 감동의 눈물을 흘렸다.

'많긴 하네.'

신성 앞에 있는 노예들은 하층민이 대부분이었지만 그들 중에는 중급 마족이나 상급 마족에서 노예가 된 이들도 있었다.

치료해 준다면 꽤 쓸 만해질 것이다. 하층민도 이곳 마족에 비해서 약할 뿐이지 지구의 일반인과 비교한다면 괴물이라 부를 수 있는 수준이다. 평균 레벨 40이 넘으니 말이다.

'신체 조건 자체가 휴먼족을 압도하니……'

어쨌든 구했으니 골든 하렘으로 데려갈 생각이다. 신도는 많으면 많을수록 좋았다. 저들을 먹일 식량은 충분하다 못해 넘쳤다.

기왕 이렇게 된 거, 마무리를 확실하게 짓는 것이 좋을 것 같았다.

신성은 근엄한 표정을 지으며 팔을 벌렸다.

"악신을 믿지 않은 저 사악한 고리악과 그 일당에게 악신께서 직접 재앙을 내리셨습니다!"

"오, 오오! 악신이시여!"

"이렇게 거룩할 수가!"

모두가 신성의 말에 집중했다. 그들의 반응을 보니 신성은 흥이 올랐다.

"보십시오! 저 사악한 자들의 최후를! 예언서에 나와 있습니다! 말세록 11장 6절, 하늘에서 재앙의 나팔이 울리면 땅이 무너질지니 악업을 쌓은 자들은 모두 심판을 받을지어다!"

신성은 예언서를 꺼내 보이며 그렇게 외쳤다. 마족들이 신성의 말에 감동하며 눈물을 흘렸다.

"자, 기도합시다."

신성이 눈을 감고 고개를 숙이자 마족들이 두 손을 모으며 기도를 하기 시작했다.

[진심 어린 기도를 받았습니다.]
[신성 랭크의 경험치가 크게 상승합니다.]

효과는 확실했다.

신성의 진한 미소를 그렸다. 의도한 바는 아니었지만 결과가 좋으니 만족스러웠다.

물론 고리악은 아마 그렇지 않을 것이지만 말이다.

『드래곤 레이드』 9권에 계속…

초대형 24시 만화방

신간 100%, 샤워실, 흡연실, 수면실(침대석), 커플석, 세탁기 완비

■ 시흥 정왕25시점 ■

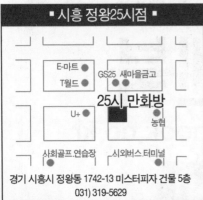

경기 시흥시 정왕동 1742-13 미스터피자 건물 5층
031) 319-5629

■ 강북 노원역점 ■

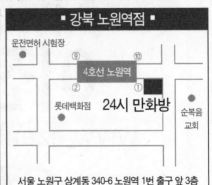

서울 노원구 상계동 340-6 노원역 1번 출구 앞 3층
02) 951-8324 (화용빌딩 3층)

■ 일산 정발산역점 ■

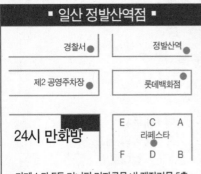

라페스타 E동 건너편 먹자골목 내 객잔건물 5층
031) 914-1957

■ 일산 화정역점 ■

경기도 고양시 덕양구 화정동 984번지 서일빌딩 7층
031) 979-4874 (서일사우나 건물 7층)

■ 부천 역곡역점 ■

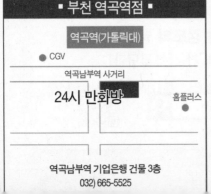

역곡남부역 기업은행 건물 3층
032) 665-5525

■ 부평역점 ■

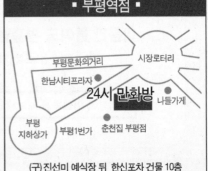

(구) 진선미 예식장 뒤 한신포차 건물 10층
032) 522-2871

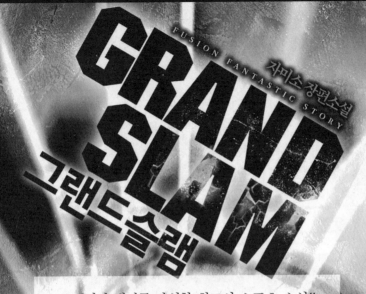

2016년의 대미를 장식할 최고의 스포츠 소설!!

Career record : 984W 26L
Career titles : 95
Highest ranking : No.1(387weeks)
Grand Slam Singles results : 23W
Paralympic medal record : Singles Gold(2012, 2016)

**약 십 년여를 세계 최고로 군림한 천재 테니스 선수.
경기 내내 그의 몸을 지탱하고 있는 것은…… 휠체어였다.**

『그랜드슬램』

**휠체어 테니스계의 신, 이영석(32).
그는 정상의 자리에서도 끝없는 갈망에 사로잡혀 있었다.**

"걷고 싶다, 뛰고 싶다. …날고 싶다!!"

**뛸 수 없던 천재 테니스 선수
그에게, 날개가 달렸다!!!**

Book Publishing CHUNGEORAM

FUSION FANTASTIC STORY

기로 퓨전 판타지 소설

불사의 테스터

모든 사람은 태어나면 언젠가는 죽게 되는 삶을 부여받는다.
그러나 단 한 사람,
황치호만은 그 기본적인 권리를 부여받지 못했다.

『불사의 테스터』

영생? 불사? 한때는 축복인 줄 알았어.
그런데 다들 죽는 모습을 지켜보는 것이 힘들더라고.
그래서 미친 듯이 죽을 방법을 찾다 겨우 소멸의 단을 발견했어.
드디어 나도 죽을 수 있다고 생각했지!
그런데 말이야… 그 순간 나에게 들려온 말이 뭔지 알아?

[어서 오세요!
테스트 필드에 오신 걸 환영합니다.]

Book Publishing CHUNGEORAM

유행이 아닌 자유추구 -
WWW.chungeoram.com

천마님, 비활 부를 하셨도다

정영교 新무협 판타지 소설

FANTASTIC ORIENTAL HEROES

다시 부활한 천마의 포복절도한 마교 되살리기!

마도의 본산지 십만대산(十萬大山) 마교.
마교 역사상 최악의 위기가 다가왔다!

무림맹의 무림통일로 마교의 영광은 먼 과거가 되어버리고
마교는 옛 영광을 되찾기 위해 시조(始祖) 천마를 부활시키는데…

"오오오, 차… 천마님! 부… 부활하셨나이까!"
"이 미친놈들이 지금 무슨 짓을 저지른 건지는 알고 있는 게냐?!"

하나 점점 악화일로로 치닫게 되는 상황 속에서
과연 천마는 마교의 영광을 되찾을 수 있을 것인가!

지금, 유일무이한 천마의 통쾌한 이야기가 시작된다!

Book Publishing CHUNGEORAM

유행이 아닌 자유추구~
WWW.chungeoram.com

FUSION FANTASTIC STORY

담덕사랑 장편소설

三國志

삼국지

더 비기닝

대한민국의 평범한 교생이었던 진수현.
갑작스러운 지진에 휘말려
간신히 몸을 피했다고 생각한 순간.
그의 눈에 보인 것은 고대 중국 후한시대,
피비린내 나는 전쟁터였다.

"어떻게든 살아남아야 한다!
그래야 돌아갈 수 있어!"

시간을 거슬러 거센 난세의 격랑 속에 빠져 버린 남자.
새로운 삶을 개척하는 그의 손에

대륙의 역사가 바뀐다!

Book Publishing CHUNGEORAM

유행이 아닌 자유추구-
WWW.chungeoram.com